孙福熙／著

北京乐！

金城出版社
GOLD WALL PRESS

图书在版编目（CIP）数据

北京乎！/ 孙福熙著 .—北京：金城出版社，2018.2
ISBN 978-7-5155-1608-0

Ⅰ. ①北… Ⅱ. ①孙… Ⅲ. ①散文集–中国–当代 Ⅳ. ① I267

中国版本图书馆 CIP 数据核字（2017）第 299922 号

北京乎！

作　　者　孙福熙
责任编辑　雷燕青
开　　本　710 毫米 ×1000 毫米　1/32
印　　张　7
字　　数　100 千字
版　　次　2018 年 3 月第 1 版　2018 年 3 月第 1 次印刷
印　　刷　三河市百盛印装有限公司
书　　号　ISBN 978-7-5155-1608-0
定　　价　49.80 元

出版发行　**金城出版社**　北京市朝阳区利泽东二路 3 号　100102
发 行 部　(010)84254364
编 辑 部　(010)64210080
总 编 室　(010)64228516
网　　址　http://www.jccb.com.cn
电子邮箱　jinchengchuban@163.com
法律顾问　陈鹰律师事务所　(010)64970501

北京乎

孙福熙

北京乎！别来五年了。

经过丰台以后，火车着慌，如追随火光的蛇的急急游行。我，停了呼吸，不能自主的被这北京的无形的力量所吸引。

一片绿色中远见砖砌的城墙隐现，而黄瓦红墙的城楼并耸在绿叶的波涛中，我能辨别这是正阳门，这是紫禁城与别的一切。

回忆离京时，行至东华门边，我对二哥说，我舍不掉北京的伟大。我很不能抑制的想念了五年，现在，徼幸[1]的又得瞻仰他而濡染其中了。

[1] 编者注：同“侥幸”

在绍兴县馆中，大清早醒来，老鸹的呼声中，槐花的细瓣飘坠如雪，两株大槐树遮盖全院，初晴的日光从茂密的枝叶缺处漏下来，划出轻烟颜色的斜线，落在微湿而满铺槐花的地上，留下蛋形与别的形状的斑纹。新秋的凉爽就在这淡薄的日光中映照出来，我投怀于我所爱的北京。

离别以后，我曾屡登阿尔卑斯高山，我曾荡漾在浩瀚的印度洋中，固然，我不能懂得他们的好处，但阿尔卑斯山的崇高与印度洋之广大远过于北京城，这是无疑的。然而我不因他们而减少对于北京城的崇高与广大的爱慕。

回忆初到北京时，出东车站门，仰见正阳门楼昂立在灯火万盏的广场中，深蓝而满缀星光的天，高远的衬托在他的后面，惯住小城的我对之能不深深的动感呢！

在北京大学中我望见学问的门墙，而扩大我的道德者是这庄严宽大的北京城。

我以前没有见过如北京所多的长街。

小城市中所称为大街大路的都可从这一头望见那一头，而所谓大者，就是说有一来一往的人相遇可以不擦肩不踏破脚趾而已。北京的长街望之如没有尽头的，只见远远的消失在隐约中，徒令人恨自己目力之不足。左右又很宽敞，使因为闷在井底一般的小城中而呼吸急促的我扩大了胸腹。北京的天永远是这样高的，为长而宽的北京的街道凑趣。

我之所以爱北京的原因还不只此哩。北河沿的槐树与柳树丛中我常于晚间去散步，枝条拂我的头顶，而红色的夕阳照在东安门一带的墙上，使我感觉自己的渺小，于是卑劣社会中所养成的傲慢完全消融了，然而精神上增加十分的倔强，我从此仍旧觉得自己的高大了。

那时的每礼拜早晨，我与二哥必往教育都会场听杜威先生的教育哲学讲演。冬季的寒风侵面，且带灰沙，我们步行经北上门，穿三海，望见北海中结着雪白的冰，而街上的水车所流出的水滴结成琳琅。这种一切都给我警惕。

以前的城南公园中我曾读过书。暑假时节，我与二哥夹书同往，早晨的太阳已颇猛烈了，我们就钻入紫藤棚中。北京的特色，一到荫中就生凉风。

这花荫卫护读书的我们，直至晚上。

我现在来重温旧梦，而且将以我的微力表现他改善他，增加我及一切市民对于北京的好感。

北京乎！我投怀于我所爱的北京。

一九二五年八月十二

目录

今夜月

大清早上与诸位讲夜的事情，未免十分的得罪；然而今夜是有特别意义的，所以不惜来荒废您所要计划今天一日大事的时间了。我宁可下次在黑暗的夜里再来与您讲光明的。

我是初来北京的，却要在诸位老北京之前介绍一件北京的东西，这是我很自负的。

诸位中有忙有闲，不是一律，然而我相信诸位一样的不注意“师兄”的长大与他每天对于善或恶的趋向。不但如此，您还没有注意每天的月的盈亏。

北京的屋宇并不算高，但你我挨挤在一起，而且大家像犯了罪的都拘禁在围墙中，以致月色不能透入。于是不再记得月的大小了。最柔和的是新月，在淡绿的天中，嫩黄的一弯，如小桃的新叶。然而此时人们正忙着谋晚餐。没有余力在将落的日光中来注意他。最哀艳的是阴历月梢后半夜初出的缺月，在四周静寂甚或夜寒凛冽中，他起来，起不多时就要被太阳夺去色彩的。此时人们正在昏梦，我想诸君中未必有人看过几次罢。但我现在要介绍给诸位的不是那种月，是圆满，皎洁而且容易看到的今夜月。

您住在南城吗？您该往先农坛或游艺园的水边。万一您十分的忙碌，也该在经过前门时停留几分钟。汽车的号声照常的威吓您，洋车夫照常的叫你“里走”，火车站汽笛照常的引起你忙乱之感，然而你将看见东面起来一个大而且圆的月，为平日所没有的您平日刻刻防备仇人用毒计陷害您，此刻，在这青淡的月光中，您当有纯洁与安静之感，您自然的放下心机，不愿防备了。而且，在这光中，您的仇人也受感而不想欺侮人了。您那时会明白，月光是不分等次的普照一切恩人与仇人的。怕看他人凶恶的面庞时，最好对镜看看自己的，您会发现原来自己恼怒时的面庞也是这样凶恶的；以人心凶恶为可根的人，能在月光下照见自己的心的凶恶，看月是洗涤心肠的好方法。

您住在北城吗？京兆公园什刹海都是看月的好

地方，然而最好是在北海。晚上六点钟以前，你走到琼岛的塔上，如海的缥缈而且有绿波的北京，罩在暮霭中，看太阳渐渐的落去。你要注意，在看太阳的时候，必须刻刻回顾东面，青天之下，红紫的薄幕之后，比什么日子都大的圆月缓缓的起来了。天色渐暗，月色渐明，你的目力所能及的地方，都受月光的照临，而你的心也照临在一切的人之上了。你下山来，过桥，沿北海，在濠濮间的前面，你会看见，高大的柳枝中间，白塔的旁边，一轮明月照临水上。水边漪澜堂的灯火丛中，游人攒聚着等候花炮的起来。

诸位要问我为什么特别介绍今夜月，我大略的可以告诉你们的。我不单为今天是兔儿爷的生日，不单为今天的月球与地球最近，我为的是从我们的远祖起，每年在这一日留下些特别的感情，造成不可磨灭的事实。数千年来古今人所瞻望所歌咏的就是这个圆月，不是昨天或明天的所能比，也不是上月或下月的所能比的。您不要为了贪吃月饼而懒得出去看月。看了月回来吃月饼不晚，兔儿爷给你好好留着的！

十月一日

今晚漪澜堂的花盒

今年的法国国庆日我从家乡专诚往上海参预盛会，当时屡次迫念以前在法国过国庆时的快乐，而晚上看花炮的时候尤甚。上海法国公园的花炮必是从法国运来的，转运很是艰难而且数目也不少，然而总觉得在法国所见者之可怀念。在那里，形形色色的花炮要放一二小时之久，看到后来令人相信真的不能再新鲜再美丽了，却又在桥上惊人的泻下瀑布，依河的阔，倾注河中，而水不见满。最末一幕是Vive La France。此时我十分相信，再到法国以前，我没有好的花炮可看了。

上月来北京在游艺园中徼幸的第一次看到花盒，我真想念我的法国朋友呵，他们何时得见这样美丽的花炮。

今晚，北海漪澜堂又将燃放花盒了。这花盒的圆径有八尺，远比普通所放者为大。高虽不过三尺，而内部竟包藏四幕之多。第一幕是嫦娥奔月，在百花怒放的丛中，一美妇人初则轻轻摇曳，继则渐渐上升，愈高愈淡，终而不见，他超出人间而游银世界去了。

第二幕是五彩灯，庆贺我们的佳节。再次是一座灯塔，万盏琉璃，十分朗澈，这是代表人间之向上，遥遥与月的光明相应和。最后是万彩滚银盘。银盘是月，我们的聪明才智在他周围萦绕，而他以灵感授与我们各人，教我们得了快乐与和平，在月色中很是安慰的回去。

十月一日

看图有感

《月中白兔捣药》是马叔平先生所藏，在嵩山少室神道西阙题名之后。圆中有白兔持杵攀臼捣药，且有一只蟾蜍。这是汉延光二年颖[1]川太守朱宠所造的。

[1] 编者注：应为“颍”

又第二幅姮娥奔月图为汉时墓阙，洛阳出土，现藏北大考古学室。下半也有白兔捣药。原物是砖上浅雕的，再涂浓厚的颜色，究竟历年太久，色彩已暗淡而稍有剥落了。姮右手执桂枝，左臂弯屈，而上体前倾，作飞奔之娥势。面向前，不稍顾盼，发在后飘转，知是迎风上进之迅速。四周饰以云彩，有深浅两种，顺风卷舞。这种云霞的曲线都极调和而纯熟。本来主体的线条并不复杂，然有虚纹的配置以后，觉得处处和谐，是匠心之作。近世狭义的写实法流行以后，大家疏忽那以天然的美应用于装饰画中的工作，因此，在这一点上反不及古人了。

我们之所以背出这两件老古董者，决不想适应所谓复古的潮流。考古自有独立的价值，但我们在报上插两幅古物的图，决算不得是在考古。我们的目的是要表示二千余年前艺术的程度，使我们与现在比较，在当时是这样的利用月的材料发表他们的思想的，现在我们将怎样的利用就是这个月来发表现代的我们的思想呢？我们虽然不等待有人来回答这问题，但很希望在此佳节创造许多艺术品，诗，文，图画，雕刻或音乐，而不媿雕白兔捣药图以后二千余年的人。

疑古玄同先生要表示他欲打破一切旧例的意思。说他是端午吃月饼，中秋吃粽子的。真的，倘若如现在人的与吃饭一样毫不思索的吃月饼。我也愿意请他们到端午去吃，因为那时或者比在中秋吃较易发生为什么吃月饼的问题了。所以，倘若我们每年中秋必请出白兔捣药与姮娥奔月图，则插图也是月饼了。

然而我还是主张在中秋吃月饼的，因为，倘若不求理解，则数年以后，端午所吃的月饼变了粽子。而中秋所吃的粽子变了月饼，那时还得劳疑古先生费尽大力来改革，提倡端午吃粽子，中秋吃月饼了。何尝人是爱守旧的，吃月饼而至火腿的荅菜的还觉得欠新颖，现在是专等候咖啡的冰其林[1]的做出来了。爱读“一年明月今宵多”的却爱打圣人经书上没有的纸牌，相信月是地球的卫星的却爱看梅兰芳的嫦娥奔月戏，而满院月色只让秋虫去看罢了（我介绍止水先生的“诗礼人家底月亮”）。在这种现

[1] 编者注：同“冰淇淋”

状中，我们不能除灭这等事实的丝毫；要改善，我们只能用思想艺术的栽培，在这种事实中洗刷出真意义来。因此我们之请出这两件老古董并不为了要人相信月中是有白兔与嫦娥，这是不待我们声说的了。

十月一日

光社的展览会

北京光社于本月一日至四日在中央公园开第二次照片展览会，参观以后，我的精神很是鼓舞而且十分的觉得快慰。

自从照相术输入中国以来，第一个时代是神像。中国画二技术之拙，凡画得二三分形似的算是上品了，表情传神这一类话是不能在这种画匠前说的。照相能够传出真实形容，于是见重于当时。因为他们是专以留下容貌为主的，而且大部分是老年人，留着为死后给画匠做蓝本，免得肖像丝毫不肖，所以他们照相时必定正坐，两脚八字分开，两手分置膝上，其有拏[1]一本不读的书，一把不扇的扇算是不同凡俗高雅万分了。至于面貌呢，这不必说是很正的，虽然照有左右两面，实则只要照得半面，像

[1] 编者注：同“拿”

中国的画工一样，将纸对折反映过来就得了。最滑稽的是两个耳朵，像什么锅子的两个柄，等待什么人来提取的样子。

第二个时代是合欢图。许多人要问照相匠："同时照两个人可以的吗？""行，行，随你们照多少人！"两三人合照，虽然并不比第一个时代迟得多，然而确实是一个大进步。于是要远行的人与家人老幼合照；朋友相得，结拜弟兄者合照；新年团聚，众亲朋友合照，范围渐渐的推广了。这种照相，虽然还是各各正坐，相互间毫无关系，与各人的神像无异，然而已知选择背景了，正厅的前面，两张龙旗的底下等等左右对称的以外，树的旁边，假山的前面，已渐渐的有调和之可言了，到了学校远足会与各种旅行团的摄取风景，已经大有进步了。

至于单纯的花鸟风景之美，实在很少有人懂得，而且更少有人用心，所以照相的范围还是很窄。

此次在光社展览会所见，实在是高出多多了。我不敢讳言，其中若干幅的采取光线，受像时间与洗濯修片等等还有未当之处，不及西洋人颇多，然而在取材上已比西洋所常见者胜过一筹了。这原因在什么地方呢？中国画的布局确有特长之处。而山水画中的风雨烟雾景象，尤为易见，光社诸君有了这种画幅的陶养，所以有几幅竟如杰作的画幅了，这是很明白的，绘画不是器械的把真实抄过来，而照相也并不是与实在丝毫无差的。好的照相就能利用这一点差别取长舍短使照片比实物美丽远甚。展览会中有许多幅是有这个价值的。

在这一点上我们要夸大的证明，介绍西洋学术到中国来必有青出于蓝的可能，而且我还要推广的说，在无论那一种大的小的事物只要用力，只要推求周遍精密，必定得到很大的成功，有如无论那一块土地，只要掘得久，终能达到地心，而且沿路必能得到多少的宝藏。我以此奉劝从事各种职业的人，并以预祝光社诸君。

十月二日

兔儿爷的革新

我以前很担忧，街上这许多的泥塑兔儿爷，中秋一过就要没用了。现在又看到，他的两只长耳朵已经拔去，他居然革新，另改职业了。倘若你还要叫他兔儿爷，即使他不生气，也必掉头不应的了。

所恨的，他雪白的面庞还是一副兔相，而且捣药的槌也还没有想放下的意思。

然而，倘若你还要叫他兔儿爷，即使他不生气，也必掉头不应的了。

十月八日

故宫博物院

十四年的国庆日已过，不知各人有何感想。我却于这一天觉得比以前各次的纪念有意义多了。

中华民国在这十四年中的委靡不振，实在可以使武昌起义的一件事失掉意义，我也要同情于不愿纪念十月十日的人了，然而我觉得这十四年中有两件大事是中华民国的光荣，而且只有这两件大事是使武昌起义的十月十日有纪念价值的。这两件大事第一是民国元年的优待清室条件，第二是十三年的勒令溥仪出宫。

各国的造成共和政体及大小的政治革命，与中国历来朝代的改换，那一个是像创造中华民国的不费刀与血的？这一件事是很使许多人觉得不痛快的，而且以民国之委靡不振归罪于此。我以为清帝既已退避，承认不来加害于民国，而尚必置之于死，不免有亏人道；而且戚戚然防他再有祸患，似乎是不相信自己所持的真理了。我们应该记得，我们是政治革命，不是专欲加害于皇帝的生命。留他在故宫中，使人时时纪念民国以前的情状，而使民国的根基更是稳固。那时的废帝年幼，不能自立，况且是逸乐惯的，所以给他钱，名之曰优待，很可明白这件事情的意义。这是民国史上的伟业，也是一件趣事。

我赞成优待清室而更赞成驱逐溥仪，几次的复辟运动已使优待的意义完全消失。并不绝对的怕他有害民国，实在他已不必怜悯了。这是不必用什么解释就可明白的。

到了现在，本来不必再来劳叨这种话，但去年很有不以勒令出宫为然的人。那时我不在国内，没有将这个意思说出，而且现在还有不以纪念十月十日为然的人，所以再来提一提。在革命时我不过是一个十余岁的小孩，什么也不懂，然而我敢尊重十月十日，因为我也尊重未曾亲见的美国俄国的共和。

此次赶出溥仪，开放故宫，使以前优待清室的意义更加彰明。只因为不得不赶他出宫的缘故，使

故宫博物院門前

这一所博物院缺了活的实物，这是很可惜的。

我想，倘若在今年的国庆日游故宫博物院之后，还觉得十月十日之不必纪念，我不相信。

诸位在故宫中也与乡下老妇游逛时之随口称赞皇帝家中的富有罢？是的，现在富有的不是皇帝而是您了，您有这宫中的一切东西。您的所有权与皇帝的不同，他被赶以后就失权了，您是没有谁可以来夺的。

您明白是这许多东西的主有者以后，回想以前日夜的盘剥他人，或为了一个铜子而吵闹，觉得没有意思罢？

倘若您在散氏盘上打破一角，或者在三希帖上扯下一条，您会觉得，不但你损失了这件东西，这要使无论那一个人都受到损失，拐脚的老太婆可以拿起桃树杖打你，污泥满面的小孩可以咯出口沫唾你。然而你还是这一切东西的主有者，不过你没有毁损无论那一样东西的主权。

你知道了这种事实就明白十月十日之应该纪念了。这种权利是民主国的国民所有的，而十月十日是我们变为民主国民的纪念日。

我常想劝人去默想，一个人关了房门去想，离了城市去想，最好的是在乡僻的寺院，更好是在数百里没有人迹的旷野，到那里去看镜中的自己，去记忆以前所见过的人。这样的想几天，想几月，最好想几年，此后再回到人群中，未必如以前的自私凶残与狡诈了。然而不肯又不能静想的人最好让他到人数最密的公共场中去。在那里，他会看见除他的父母妻子同事顾主以外还有这许多人，他们的衣服，年龄，面貌等等都这样的不同，然而各与他同样的占有空间，又各与他同有到这公共场中来的权利。倘若此后对于他的父母妻子仍然自私，凶残与狡诈，不免太偏，而且，如果这许多人都如他待人的待他，将不可抵挡，于是得到共和国民平等的精神了。

四千余年的中国文明自然也可以夸耀的，然而四千余年的重担压得转折不灵，所以，虽然是民主国，还是老少相恨，贫富相恨，男女相恨，不恨的也相互轻视，造成许多阶级，这是因为久年的压制后而且还是毫无训练之故，这样大规模的博物院在中国是首创的，大家可以在那里开始做这种训练，而且看看这许多年来帝国的遗骸，用了这个做参考，从新建立政治文艺的基础。

夕阳斜照故宫的黄瓦红墙，各人知道时间之不留，所以匆匆跑着看，我们在这心情中亦知人生正与这夕阳一样，在这深刻的故宫印象中，我们欲留下我们的事业。

十月十一日

出　游

宗杰：

你是好游的，我愿同你讲讲我去年在里昂时的游兴。

在那里的时候，每年暑假我必到山中或海边旅行，而且每逢礼拜日，只要没有约会或紧要的事务，我也必到乡间去散步。有时天气不好，我还是要出去，一则因为天气不好，所以在家愈觉沈闷，二则看看变态的天，是很难得的。你或者想我是太风雅罢？这不然，在法国，即使是面包工人，洗衣女子等等平常人，只要轮到他们休假，他们就去游玩。不过我有几次是有意到游人较少之处。

去年这个时节，我与方曾二君同去游山，真是快乐。那一天是重阳节，所以我们约定去登高。对你老朋友不妨老实说，因为我不必防你误解的，我不肯为了要革新而绝对抹煞旧事的好处。旧历虽然废去，出游究竟是好事，我们尽不必强迫自己忘记那一天是阴历的九月初九。你知道，在四周没有附注阴历月日的历本时，苦心的去探问那一天是重阳，这是与在各种书籍上查某学者的生平是一样有兴味的。适巧这一天大家没有功课，所以我们决计登高去了。自然，我们虽然说登高，决不想学避难的故事。倘若你不以我的话为然，那末我要反问你，你不是礼拜日不去上课吗？难道你是耶教信徒吗？

那天是浓雾，在直往乡间的电车中，玻璃窗上罩了一层薄幕，使我们不见一路风物的丝毫。到了Vaugneray 山中，我们下车来，薄雾已去，蓦然见到远近的山色村景，微红的朝日照在我们身上，又加清风的飘动，使久闷车中以后的我们如此惊异。

在里昂，凡这样的早雾，日中一定是晴明的。曾君用了他的习用语说“实在好！”而方君抚华不如平日的戏笑他，却庄严的说了一句“真的实在好！”表示曾君所说的不是过当。

真的，在我的许多次的野游中，这一次是最动感了。长久关在四面厚壁的当中，只有一个或半个洞，间或来换一换实突突装在这块立方中的气体的一小部分，弯了腰想问题，因为精力不足，虽然是很容易的，也想不出答案了。

在这样“坐关”以后看见大气，实在有新鲜感觉的，这不仅是心理上，大部分的还在生理上的好处，而且这是先感受到的。中国骂我们学生不肯用功的声音够响了，我们只得来叫出游了。你知道，坐在房中用苦心的时候，偏有雪片似的日报周报月报飞进来，说我们太不用功，太爱游逛，我敢说，一个赤贫的乞丐被骂为骄奢逸乐，也没有这样的难忍罢。自然，野游的快乐在于勤工之后，非游荡者所能懂得的。

我们拿了手杖，沿着不认识的大路进行。大家都穿轻便的夹大氅。戴便帽，不怕被风吹落。还便于从荆棘中钻进去。方君最爱于旅行时用皮裹腿，我也有我爬山惯用的钉齿皮鞋。我们各讲家乡在重阳节的风俗，我屡次想到绍兴登高的龙山。

正在歧路口犹豫的时候，有一人从后面上来了，于是我问他到 Yzeron 去的路径。他说他正是到那里去的，同他走好了。两条路都是可走的，不过走下面较近。他在皮袋中掏出地图来给我们看，从山坳经过许多小村，直上就是目的地，而他还要沿高岗由南山下去，这样绕一个圈。他立刻推测到我们是中法大学的学生，他知道我们常有电报。因为他是电报局的局员。他利用这一天轮到他的休息日，专来跑山路，虽然他不知道有所谓重阳的。

路边的槐树与栗树的叶色正在转黄了，山中静寂，时闻落叶到地的声音。小鸟枝东枝西的唱和，他们恨秋景将残，所以有意加工。听到这种声音，我们知道催人努力的老年人们的方法是何等拙劣呢。

走至将到目的地时，因为是爬山两小时余之后，微汗出来了，全身暖热，而且胃口大开了，这位电报局员要吃他皮袋中的面包了。我们平时看吃饭为随便的事或竟认为讨厌的事，在这时节，我们也急于饮食了。然而我们原定到村中买酒或汽水的，所以没有带来，于是不能与这位法国人一同坐下。

一条溪水在山径旁流过，他的来路与去路都隐在丛叶中，但几天下雨之后，故水甚清而旺，听他从很远的地方流来，又流到很远的地方去，我们看中这条水了。走几步过去，矮树丛的后面，满枝果实的苹果树旁边，绿草上几段树干上，我们坐下吃饭了。虽然没有酒或汽水，听了清亮的水声已经止渴了。

宗杰，野餐真有味呢。第一个特点是有一味清纯的大气，倘若说我这话太渺茫，那末野餐之所以这样美味者是什么缘故呢？或者是我还带了野蛮的遗传之故罢，我爱野餐甚于围在四壁中间吃饭，似乎，只要看见树枝或草地，虽然所吃的无非是干面包冷牛肉与果子酱一类东西，觉得兴致大不相同了。

其实我所讲得天花乱坠的法国风景远不及我们的家乡，而我们的家乡在中国是不算什么的。因此，他们与我都是渴望于回来周游中国的。我很想瞻仰蜀山之奇传，方君最梦想西湖，未曾到过，而久醉西湖的曾君觉之告他说，不亲到过，没有方法来想象西湖之美的。我们商量将来组织一个全国旅行团，尤其应该在云南，西藏，青海，新疆，蒙古[1]至东三省绕一个圈，我们学生物的采取动植物标本，学文学社会的记录社会状况，学图画及会照相的摄取

[1] 编者注：应为“内蒙古”

各地景物，各任一职，共同进行。只有一个困难问题，全队中至少应该有一个学医的，然而这最困难，照经验所得，学医的几乎人人是很“精灵”的，真的，看来看去，尚未得一个学医的肯做这种傻事的。因此我们只得买几部日用医学须知书各人都学些。大概受寒，发热，头痛，出血这几种使药是颇容易的。现在可以问问你，你有这种学医的同志否？将来旅行告终，把各团员的记录编辑起来，可印专书，这种报告，我可以自信决非以前所有，对于将来种种社会事业是很有益的。

我们还想在各地设立旅行招待所，改革现在龌龊与凶横的旅馆。某城市范围内与附近有什么古迹风景或工商机关可游，轮船火车轿马之雇用，均由招待部指导而且负责。最紧要的一句话，我说得小一点，全中国交通便利的时候，一切必呈新的活气象，战争可免，生产可丰，金融可流动，你我的疆界可消失，国民的智识可提高而推广，那时，决不是现在沈死的中国了，这是我可预定的。

到现在，回国已九个月了，我简直还没有游过，看街上槐叶变色，我不得不追念去年的重阳了。我特来告诉你，我的这个想望不是今年开始空架蜃楼，我早就这样想的。

去年的快乐还不只此哩。我们饭后到苹果树下拾起美丽的果子吃。这时面包牛肉等等已经吃完，皮袋已空，所以一路拾梨栗苹果放在袋中，满满的背回来。后来，煮栗子吃了四次，苹果梨子除生吃外，做了两次果酱，几位不去的朋友们尝了都说“实在好”。

我们爬到山上村镇中，在加非[1]店门前，白石的小圆桌旁边，我们坐下。太阳穿过疏疏的花棚，照在我们上面，已经觉得可爱了。

我们拣了本地的风景片写寄一位薛君，他是在高山中的Autrans村养病的。我们说可惜今天没有他与Ho，Hé，Ho，他同我们在Chambéry游山时遇见女学生旅行团一大队，其中有许多人与我们谈话的。因为不知道他们的姓名，所以就用他们所唱的声音为名。

我们又往村后的高山上去，深绿的柏林很是茂

[1] 编者注：疑为“咖啡”

密，根处的凤尾草已大半枯黄，我们尽管带拨带钻，希望他是有几里路的深。风过时呜呜有声，我总愿设想这是老虎来了。我们想在这里练习，养成往西藏新疆去探险的精神。到山顶上，有一个圣母像，回顾四周，山峰都在我们脚下，然而这还不是我们精神的终点，因为前人已经走到这个高度了。

坐公用自动车绕道下山。我们再三的说下礼拜还要来，而且冬季要来看雪，电车在村中等候，不是专等候谁的，却等候无论什么按时到来的人。我们笑迷迷的坐着，因电车的振动而摇摆，很亲切的重阅脑中今日所得的新印象。到现在我还没有忘记那时的快乐。

好游的宗杰，重阳到来了，你将怎样的利用呢？明陵的红叶将默默的落去，你忍心不去说一声再会吗？

福熙

十月二十三日夜

小小盒儿小小盖

小小盒兄小小盖，
九人走过十人爱。

这是我孩时听来的谜，要请聪明姑娘猜一猜！

从南口骑驴往明陵的时候，远望山麓红红的一片，疑是昨晚的彩霞落在人间而留连了。近去，知是满林的红叶，而且每株树上满缀小小绿盖的小小盒儿，如圣诞节日小松树上所挂的玩具。为了要与他格外亲近，可以伸手抚他一下，为了要看他格外清楚，可以攀枝到眼睛头，正如小孩见圣诞树而抚摸了的快活。我们游明陵之必在这时节者就是为此，虽然或者有许多人是不甚了然的。

不必到明陵，从北京到南口的路中，时常遇见货车中满载藤筐，里面红红的就是明陵树上采来的绿盖小盒儿，运来献给北京人的。

然而我以前不知享受这个幸福，更不知感激这个盛意，直到现在始悔恨我的呆笨。

我的脑中还留着很清楚的印像：每年秋季，北京市上到处摊满柿子，当初是半青半黄的，我想着这是没有熟的，随便的走过了。到了深冬他们因为昼夜等待顾主而疲劳，渐渐的塌下去了，于是我想，这是烂的了。一直到了飞雪的时候，还见他们陪伴着落花生红红的夹在雪花的白片中，然而此后不知怎样终于不见了。自始至末，我不会与他们亲近。我真呆笨，因为没有见一个人与他们亲近，做了我不必去亲近的理由。现在始知道，他们就是明陵前红叶林中的小小盒儿小小盖，而且使我记起孩时所猜“九人走过十人爱”的一个谜。

将到柿林的时候，辽闻林中笑语，只见树下几人，手执白旗在飘动，有如儿童游嬉的旗语。近去才知道树上的柿子接二连三的下来，可以想见树上是有许多人在摘下来。用白布一兜，以免损坏。小孩们在地上打滚，爬起来就抢着吃最红最大的柿子。驴子在旁边等候摘完装在筐中背回去，嚼着青草，铃声在风中摇曳。

我也在这景象中尝了柿子的美味。北京人恨北京是沙漠，可是沙漠中能生产如此甜美的果实。住在这同一土地上的臭皮袋，不恨自己，更不懂柿子的好吃更好看。

就是落花生罢，虽然不及柿子之美，正如我家乡的谜语所说“爹麻娘红，生来儿子白ㄙㄨㄥㄙㄨㄥ”，说他的果皮是粗糙的，种皮是发红的，但儿子不学父母的缺点，竟有白的种子。落花生也能在这块沙漠上生出好儿子，而北京人住在这样好的土地上只知怨恨，真的撒哈拉大沙漠上却有人在种树在用特制的汽车开辟道路。

北京人中必有许多如我以前的不懂柿子之美的；我想请他们允许我这个介绍。然而我太缺艺术，所以还得借重我乡间的谜语：

小小盒儿小小盖，

九人走过十人爱。

十月二十九日

中央观象台记游

以十二分的虔诚，想达到我多日来的想望，我从城西远道去参观东南隅泡子河的中央观象台。虽然算不得怎样的远道，可是，在房屋渐渐的稀疏的景象中屡次看表，总还没有到，呵，真如升天之难呵。

进门，一片广场，我疑心这是大地，而我已在天上俯临一切。因为我明白的看见一丛一丛的绿树点点都在我的脚底了。然而抬头见观象台巍然耸立，我还在平地；所见的绿丛只是三尺高的所谓扫树[1]罢了。

观象台长高曙青先生陪伴我们，在阶级上的步履声中，我们渐渐的远离人世而与高先生日夜亲近的大世界去接近了。

[1] 编者注："扫帚树"，外形看起来好像一把扫帚，绿色的树枝，春天开花，花朵可以实用

中央觀象臺

两腿的筋肉疲劳起来时，豁然开朗，而大地如一幅缩图的全在脚下了。在温和的太阳光下，微风吹来，收干因为登高用力而透出来的薄汗。高先生斜举右手，镇静而且和蔼的说：

“庚子的一年，德法两国的军队同时占据此台，所以议定两国对分，他们就把这里的仪器全搬走了。德国自己的船多，就将所分得的五具运载去了。法国没有船，要求政府指定专船来运，那时法国召集阁议，谓这等仪器不该取来，应当原样归还中国，因此暂存在法国使馆的仪器又送还来了。直至欧战终结，巴黎会议决定，德国夺去的须归还中国。于是中国固有的天文台回复原状了。不过，你们看，凡依次双数的四架较为黝黑，这是出洋与回国时受了海风中盐质的侵蚀之故，未出洋过的四架不是如此的。”

按此台之建立远在八百年前，其所陈列仪器八种：1. 赤道经纬仪，2. 纪限仪，3. 地经纬表，4. 地平经仪，5. 黄道经纬仪，6. 天体，7. 象限仪，8. 玑衡拱辰仪。其中第三种为一七〇五年所制，第八种为一七四四年所制，余六种皆一六七四

（康熙十三年）所造。此外还有浑仪简仪晷表三种则一四三七年所造，本均放在台上，自从现在所放的仪器造成，就将他们换下了。

以上所说都是历史上的东西了。现在各科中所应用的都是外国名厂中购来者，如中星地平仪为德国 Carl Zeis 厂所造，多能经纬仪为德国 Carl Bamberg 厂所造，回光镜与三棱镜顶距仪均为法国出品，而守时所用的时计，则有德国 Deucker 第九九号，伦敦 Kelvin and James White 第八一七八号与瑞士 Nandin 多种。

其他有民国四年成立的气象一科，所用仪器为 Fortin 水银气压表与 Tonnelot 水银气压表，空盒气压表与 Negrette 及 Zambra 最高最低温度表等等多种。这种都是购置的。还有自制的有测云竿，水量蒸发计，风力计与雨量计等。

在气象场中置测云镜，日照计，太阳热力计等。

从这种种仪器，每年出版观象岁书与我们大家所依据的民国历书。而且每日有天气预报，早晚两次；还有全国气象图则于晚间五时前公布。

又预计在西山碧云寺山上设立圆顶赤道仪室与

子午仪室。建一专研究天文物理之观象台，详细载在《中央观象台之过去与将来》书中，并插有精图甚多。此书法英中三国文字并列。

在中国，大家觉得十分忙碌似的，而追究成绩，没有一种事务是能尽量发展的。我参观观象台，知道高先生等能与世独异，尽力于他人以为不急之务。这是真正研究学问的态度，也惟有这种态度能够得到真正的兴趣。

十一月二十七日

奥使馆之绘画展览

Mullikin 与 Starr 二女士之作品

奥国使馆内万国美术所于近日展览两位美国女画家的作品，计油画，水彩，粉笔及水粉画（Tempéra）共百十余幅。今日礼拜一晚就要闭会了。入门券每人五毛，会员与团体名义去参观者自由入内。

Mullikin 与 Starr 二女士均久住中国，且曾旅行各名胜，所以他们的眼光能渗透中国风景之美。

我们常觉可憾，凡欧美人之来中国者，或以为中国的礼节风习无一不是好到极点，或以为中国人都是抽鸦片缠小脚，无一不是野蛮之至的。我们很明白他们这两种观察之与事实不合而且这是使他们对于中国得不到真正感情的。这种缺憾只有美术家能够来弥补，他们不如官史教士商人等等的易为成见所蒙蔽，因为他们自幼就有一种

中央公園望金頂與荷塘

训练，对于外物是绝对的真诚的。例如一个法国画家见泰山之美决不肯因为泰山不是法国所有而不肯画了，又决不因为泰山不是可以致法国于富有而不画的。因此我们向忠于自己又是中国的忠友的这二位女士致敬。

Starr 女士作品多为北京与西山的，构图之妥贴与色调笔致之柔和，可谓深谙中国富有的少女之美的了。我当看 Mullikin 女士展览室时，我觉得是回到法国了。实在，他曾久受法国美术教育的陶养，所以看他的作品能联想起 Monet 与 Millet。

现在的北京寒风括面，绿叶尽脱，偶然想到春夏时候在微风中摇曳的绿荫与红日，要四五个月以后再来，不禁寂寞而凄切，愈觉现在的大风之寒不可耐了。然而我们可以无虑了，Mullikin 女士很懂得北京夏日的气象，夕阳照在建筑物上，返射无论什么金属所没有的光辉，天色投在池水中，又异样的深沈，在他“中央公园望金顶与荷塘”一幅中见之。

我们所见于北京者比他们二位更久，请诸位比较，他们画景中的北京与我们记忆中的有无差异。

潭 柘 寺 之 松 Starr 作

美术是各有见地的，画家能表示大众所未注意的事物，然而或者也有不及见之处；惯见北京的我们应该知道自己比别人更强，但生客的观察反为明显，我不必妄加批评，幸阅者自行判断也。

十二月六日

时　势

一

这几天收不到各处的信，心中很不自然，虽然明晓得是交通断绝之故，但也想或者真的因为他们有特别事故而不写信。更可恨的，我逐日所寄的信也必搁置起来，没有寄去，于是，即使交通恢复原状时，许多人还要因为没有我的信而挂念而怀疑哩。

二

从北大的二十七周纪念会场出来，因为看了各种成绩的有少年气象而使我兴奋，于是走向东安市场去晚餐。菜馆中买卖很清闲，想到以前人多杂扰之可恨，有时还因为得不到座而回出的情形，心中似乎畅快。然而不幸的，伙计的眉间是皱折的，更不幸的他说起他的心事来了。

“现在的买卖真不好做！火车不通，外面来的东西都不能到；鸡鱼那种东西还有，海味简直没有了。……时势不对，简直没有人。这里全是海军部陆军部的；衙门不关饷，谁也不上这里来，泰和春停了，小有天关了，连咱们只有三家闽菜馆了。忠信堂要做一千多块钱一天的，现在做不到一百，这儿至少要做七十块钱过一日，现在有几天只卖二十零块。做伙计也不痛快，一好大家好。我家三口靠我的十块钱怎行？以前总有四十来块一月的。”

三

“哪儿？”

“前门。”

“拉去得𠂆！十二个子儿。”

你听，东安市场到前门十二个子！

“还要到南城，去吗？”

“去！一天没生意，怎么不去呢。”

这个时势，不但是我收不到信的一点影响了。

十二月二十一日

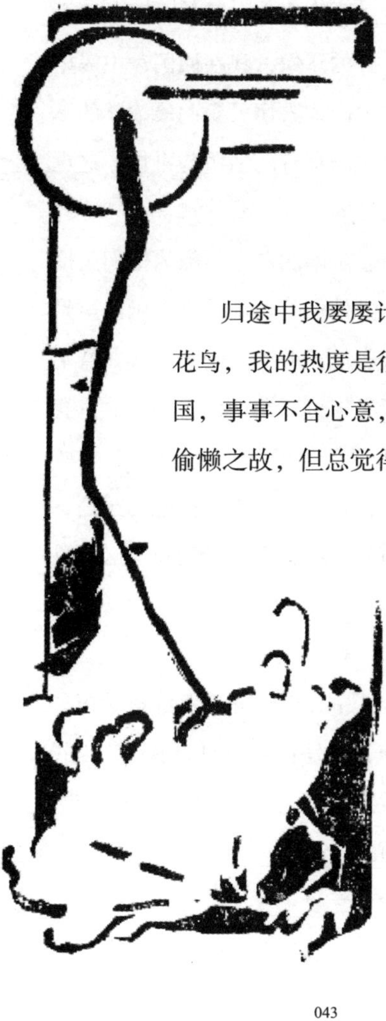

清华园之菊

归途中我屡屡计划回来后画中国的花鸟，我的热度是很高的。不料回到中国，事事不合心意，虽然我相信这是我偷懒之故，但总觉得在中国的花鸟与在中国的人一样的不易亲近，是个大原因。现在竟得与这许多的菊花亲近而且画来的也有六十二种，我意外的恢复对我自己的希望。

* * * *

承佩弦兄之邀，

我第一次游清华学校。在与澳青君一公君三人殷勤的招待中，我得到很好的印像，我在回国途中渴望的中国式的风景中的中国式人情，到此最浓厚的体味了；而且他们兼有法国富有的活泼与喜悦，这也是我回国后第一次遇见的。

在这环境中我想念法国的友人，因为他们是活泼而喜悦的，尤其因为他们是如此爱慕中国的风景人情的。在信中我报告他们的第一句就说我在看菊花；实在，大半为了将来可以给他们看的缘故，我尽量的画了下来。

从这个机会以后，我与菊花结了极好的感情，于是凡提到清华就想起菊花，而遇到菊花又必想见清华了。

* * * *

在我们和乐的谈话中，电灯光底下，科学馆，公事厅与古月堂等处，满是各种秀丽的菊花，为我新得的清华的印像做美。然而我在清华所见的菊花，大部并不在此而在西园。

* * * *

广大的西园中，大小的柳树，带了一半未落的黄叶，杂立其间，我们在这曲折的路径中且走且等待未曾想象过的美景。走到水田的旁边，芦苇已转为黄色，小雀们在这里飞起而又在稍远处投下。就在这旁边，有一道离笆，我们推开柴门进去。花畦很整齐的排列着，其中有一条是北面较高中间洼下的，上面半遮芦帘。许多菊花从这帘中探头向外，呵我的心花怒放了！

然而引导者并不停足，径向前面的一所茅屋进行。屋向南，三面有土墙，就是挖窝中的泥所筑的，正可利用。留南面，日光可以射入。当我一步一步的从土阶下去时，骤然间满室高低有序的花朵印上我的心头，我惊惧似的喘息，比初初对大众演说时更是害羞，听演说的人的。心理究竟还容易推测，因为他们只是与我彷佛的人；而众菊花则不然，只要看他们能竭尽心力的表现出各个的特长，可见他们不如大多数人的浅薄的，我疑惧他们不知如何的在窃笑我的丑陋呢。可是，我静下心来体察，满室的庄严与和蔼，他们个个在接纳我。在温和而清丽的气流中，众香轻扑过来，更不必说叶片的向我招展与花头的向我顾盼了。于是我证明在归航中所渴望的画中国花鸟不只是梦想了。

* * * *

等我上城来带了画具第二次到清华时，再见菊花，知道已变了些样子，半放者已较放大，有几朵的花瓣已稍下垂了。我着急，知道我的生命的迫促，而且珍惜我与花的因缘之难得，于是恨不得两手并画恨不得两眼分看的忙乱开工了。

可是，我敢相信第一次拥抱爱人时所发情感的活痒：满心包围着快乐的畏惧，想立刻得到安慰，又怕亵渎了爱人的尊严，我对于我所爱慕的花将怎样的下笔呢！我深深的体味：此后，这样富有的花将永远保藏在我的纸上，虽然不敢说他将为我所主有；然而我将怎样能使他保留在我的纸上呢？我九分九的相信我不能画像他。试想一想，在一百笔二三百笔始能完成的一幅画中何难有一笔两笔的败笔呢。所以，在这短促不及踌躇中我该留神使这一二百笔丝毫没有污点，我敢说，这比第一次拥抱爱人时之戚戚为将来一生中的交际的污点而担忧者更甚了，因为时间是这样的短促，于是，虽然很急，却因为爱他而不敢轻试，我尽管拏了笔擎在纸上不敢放下去。

* * * *

我虽然刻刻竭力勉励从阔大处落墨，然而爱好细微的性质总像不可改易的了。在这千变万化奇上有奇的二百余种的当中，我第一张画的是“春水绿波”。洁白的花朵浮在翠绿的叶上，这已够妩媚的了，还有细管的花瓣抱蕉黄的花心而射向四周，管的下端放开，其轻柔起伏有如水波的荡漾。我不怕亵渎他而在他面前来说尘埃：无论怎样巨细的秽物沾在他的上面，决不能害他的洁白，因为他有他的本性，不必矜夸而人自然的仰慕他，所以也决不以外物之污浊而害真。我竭尽心目的对他体味，自信当已能领会他的外表不九分也八分了。可是我失败了，明白的看得出，在我纸上的远不及盆中的，——虽然我曾很担忧，因为我的纸上将保藏这样灿烂的花，非我所宜有。然而现在并不因失败而觉得担负的轻松。

镇静了我的抱歉，羞愧与失望的心思，我想，徼幸的花张起眼帘在看我作画，也决不因我不能传出他的神而恼怒的罢，我当如别的浊物之不能损害他是一样的。看了他的宽大与静默，我敢妄想，或者他在启示我，羞媿是不必的，失望尤其是不该，他这样装束这样表现的向人，想必不是毫无用意的。于是我学了他静默的心，自然的有了勇气，继续画下去了。

* * * *

这许多菊种于我都是新奇而十分可以爱慕的，在急忙而且贪多的手下将先画那几种呢？每一种花有纸条标出花名。“夕阳楼”高丈余，宽阔的瓣，内红而外如晚霞；“快雪时晴”直径有一尺，是这样庞大的一个雪球，闪着银光；“碧窗纱”细软而嫩绿，丝丝如垂帘；“银红龙须”从遒劲的细条中染出红芽的柔嫩……满眼各种性质不同的美丽，这与对一切事物一样，我不能品定谁第一，谁其次，我想指定先画谁也是做不到。于是我完全打消优劣的观念，在眼光如灯塔的旋转的时候，我一种一种的画。

高大的枝条上，绛红的一周，围在一轮黄色的花心外，这是很确切的名为“晓霞捧日”的，他的红色非我所能用我可怜的画盘中的颜色配合而摹拟的。他最不愿有人世所有的形与色，却很喜欢有人追过他。少年人学了他的性质，做成愈难愈好的谜语要人去猜，人家猜中了，他便极其高兴。

* * * *

我要感谢侍奉这种菊花的杨鲁二君，并且很想去领教他们的经验，特请一公兄为我请求。

四点钟以后，太阳渐渐的从花房斜过，只留得一角了，在微微的晚寒中我忙乱的画着。缓得几乎听不出的步声近我而来，到了我近旁时我才仰起头来看他。这就是种这菊花的杨寿卿先生。

眉目不轩不轾，很平静的表出他的细致与和蔼，从不轻易露出牙齿的口唇上立刻知道他是沉默而忍耐的，而额角以下口鼻之间的丝丝脉理是十分灵敏，自然的流露他的智慧，杨先生或指点或抚弄他亲爱的菊花，对我讲他培养的经验。

他种菊已五年了，然而他的担任清华学校职务是从筹备开办时起的。他说："每天做事很单调也很辛苦，所以种种菊花。"辛苦而再用心用力来种菊就可不辛苦，这有点道理了！

我竭力设想他所感觉到的菊花，然而这是怎么

曉霞捧日

能够呢。他是从菊花的很小的萌芽看起的，而且他知道他们的爱恶，用了什么肥料他们便长大，受了多少雨水与日光他们便喜悦，他还知道今年的花与往年的比较。我是外行人，就是辨别花的形色也是不确实的；而他们要在没有花时识别花的种类，所以他只要见到叶的一角就认识这是那一种了。这与对家人好友听步声就知道是谁，看物品移动的方位就知道谁来过了是一样的。

* * * *

每天到四点钟杨先生按时到来了。他提了水壶灌在干渴的花盆中，同时我也得到他灌输给我的新智识。

我以前只知道菊花是扫枝的，倘若接枝他便开得更好，有的接在向日葵上，开来的菊花就如向日葵的大了。现在知道菊是可以采用种子的。插枝永远与母枝不变；而欲得新奇的花种非用子种不可。

这里就有奇怪的事了，取种子十粒下种，长起来便是不同的十种。可是这等新种并不株株是好的，今年四百新种当中只采了二十余种。不足取的是怎样的呢？这大概是每一朵中花瓣大小杂乱，不适合于美的条件统一匀称，所谓不成品是也。不成品的原因大概在于花粉太杂之故，所以收种应用人工配合法。

“紫虬龙”那样美丽的花就是配合而成的。细长直管的“喜地泥封”与拳曲的“紫气东来”相配合，就变了长管而又拳曲，如军乐用号的管子，这样有特性的了。他的父母都是紫色的，他也是紫色。倘若父母是异色的，则新种常像两者之一或介于两者之间，但决不出两者之外。因为他们在无穷的变化中也有若干的规律，所以配种当有制限了。大概花瓣粗细不同的两种配合总是杂乱的，所以配合以粗细相仿者为宜。

花房中，两株一组，有如跳舞的，有许多摆着，杨先生每次来时，拏了纸片，以他好生之德在各组的花间传送花粉。据说种子的结成是很迟的，有的要到第二年一月可收。我推想这类种子当年必不能开花的了，讵知大不然，下种在四月，当初确实很细弱，但到六月以后，他们就加工赶长，竟能长到一丈多高与插枝一样。

凡新种的花一定是很大的，不像老种如“天女散花”与“金连环”等等永远培植不大也不高者。可是第一年的花瓣总是很单的，以后一年一年的多起来：而在初年，花的形状也易变更，第一年是很整齐的，或者次年是很坏了，几年之后始渐渐的固定。

* * * *

我很爱“大富贵”他正在与“素带”配合。牡丹是被称为富贵花的，然而这名字不能表示他所有性状的大部。我要改称这种菊花为“牡丹”，因为他有牡丹所有一切的美德。他的身材一直高到茅屋的顶蓬再俯下头来。花的直径大过一尺；展开一瓣，可以做一群小鸟的窠，可以做一对彩蝶的衾褥。我也仰着头瞻望他，希望或者我将因他而有这样丰满这样灿烂的一个心。我明白，他不过是芥子的一小粒花蕾长大起来的，除少数有经验的以外，谁想到他是要成尺余大的花朵的。到现在，蜜蜂闹营营的阵阵飞来道贺，他虽静默着，也乐受蜂们的厚意。杨先生每晚拂刷“牡丹”的花粉送给“素带”；他身上是北京人常穿的蓝布大褂，然而他立在锦绣丛中可无媿色，他的服装因他的种菊而愈有荣誉了。我可预料而且急切的等待明年新颖种子的产出，我敢与杨鲁二先生约，“你们每年培植出新鲜颜色的菊种，而我也愿竭力研究我可怜的画盘中的颜色，希望能够追随。”这样两种美丽的花，在我们以为无可再美的了，不知明年还要产出许多的更美的新种，我真的神往了。对大众尽力表现这等奥妙是我们“做艺”的人的天职；在不可能的时候，我们只有尽心超脱自己，虽然我是不以此为满足的。

* * * *

一人在远隔人群的花房中，听晚来归去的水鸟单独的在长空中飞鸣，枯去的芦叶惊风而哀怨，花房的茅蓬也丝丝飘动，我自问是否比孤鸟衰草较有些希望。满眼的菊花是我的师范，而且做了陪伴我的好友。他们偏不与众草同尽，挺身抗寒，且留给人间永不磨灭的壮丽的印像。我手下正在画“趵突喷玉”。他用无穷的力，缕缕如花筒的放射出来。他是纯白的，然而是灿烂；他是

趵　突　噴　玉

倔强的，然而是建立在柔弱的身体上的。我心领这种教训了。

* * * *

与杨先生合种菊花的鲁璧光先生正与杨先生同任舍务部职务的。每天正午是公余时间，轮到他来看护菊花。有一次，他引导几位客人来看菊，同时看我纸上的菊花，他看完每页时必移开得很缓，使不露出底下一张上我注有的花名。很高兴的，他与客人看了画猜出花的名字来。他说："画到这样猜得出，可不容易了。"

当时我非但不觉得他的话对我过誉，我要想，难道画了会不像的？所以我还可以生气的。我自己所觉得可以骄傲的，我相信，在中国不会有人为他们画过这许多种，我对他们感激，而他们也当认我为难逢罢。

临行的前夜，我到俱乐部去向杨先生道别，他在看人下棋。这一次的谈话又给我许多很大的见识。其中有一段，他说："北京曾有一人，画过一本菊谱。"我全神灌注的听他了。他继续说："他们父女合画，那是画得精细。连叶脉都画得极真的。因为第一种的叶都不同，叶子比花还重要，花不是年年一样的，在一年内必定画不好。所以要画一定要自己种花，知道今年这花开好了，可以画了。那两位父女自己种花，而且画了五年才成的。”我以为我的画菊是空前的，然而这时候我无暇忏悔我以前的自满了，我渴想探问他，在那里可以见到这本菊谱，但我不敢急忙就说，于是曲折的先问。

“这位先生姓什么呢？”

“姓蔡的。”

“杨先生与他很熟识吗？”

“不熟识的。”

“能够间接介绍去一看吗？”

“我也只见过一页。那真精细，真的用工夫的呢。”

杨先生幼年时就种花，因为他的父亲是爱花的，而且他家已三代种菊了。

* * * *

为什么自己以为是高尚以为是万能的人总是长着一样可憎的口鼻心思，用了这肉体与精神所结构的出品无非像泥模里铸出来的铁锅的冥顽而且脱不出旧样？菊花们却能在同样的一小粒花蕾中放出这样新奇这样变化富有一切的花朵，非无能的人所曾想象得到甚且看了也不会模仿的。有一种的花瓣细得如玉蜀黍的须了，一大束散着，人没有方法形容他的美，只给他“棕榈拂尘”的一个没有生气的名字；有一种是玉白色的，返光闪闪，他的瓣宽得像莲花的样子，所以名为“银莲”，其实还只借用了别种自然物的名称，人不能给他一个更好的名字。还有可奇的，他们为了要不与他种苟同，奇怪得使我欲笑，有一种标明“黄鹅添毛”者，松花小鹅的颜色，每瓣钩曲如受惊的鹅头，挨挤在一群中。最妙的他怕学得不像，特在瓣上长了毛，表示真的受惊而毛悚了，题首的图就是。“黄鹅添毛”的名字我不喜欢，乃改称他为“小鹅”。

* * * *

有许多名称是很有趣的，这胜过西洋的花名，然而也有不对的。况且种菊者各自定名，不适用于与人谈讲，最好能如各种科学名词的选择较好者应用，然而这还待先有一种精细而且丰富的菊谱出现。

* * * *

一班人叫中国要亡了，为什么不去打仗；一班人叫闭门读书就是爱国。倘若这两种人知道我画了菊花甚且愿消费时间做无聊的笔记，必定要大加训斥的。我很知道中国近来病急乱投药的情形，他们是无足怪的。其实在用武之地的非英雄的悲哀远比英雄无用武之地者为甚。现在的中国舆论不让人专学乐意的一小部分；因为缺人，所以各人拉弄他人入伍。实在像我这样的人只配画菊花的，本来不必劳这一班那一班人责备的——可是，我要对自己交代明白，我应该画他人不爱而我爱的菊花，一直画到老。我喜欢学他人所不喜欢学的东西，这将是我的长处。

* * * *

做人二十七年了，以前知道有这许多菊花，知道这许多菊花的性情吗？我知道还有更多的事物为我所不知道的，就是关于菊花的也千倍万倍的多着，我想耐心而且尽力的去考究。宰平先生于讲起古琴时说北京各种专门家之多，可惜他们不说，没有方法知道他们。真的，我们在这富有的人海中感着寂寞感着干燥，可惜我们不知道愿意陪伴我们给我们滋润的人。我决定人间多着有智识懂得生活的人，不只是种菊一事。

十二月二十九日

呵一年了

呵一年了！

翻开日记，看到疏朗朗的留着许多天的空白。这种日子也还留着没有过去吗？呵别想了：在当时，我的眼中，这白纸的每页上都与有字一样，因为我要补记上去而所要补的文字我都清楚看到的。可是这种印像到现在渐渐的消失了，自然再稍稍过些时候，一定可以同没有过这几天一样。呵我将怎样的结算这笔糊涂账呢？

去年今日与仲鸣先生及夫人从里昂赴马赛上船回国，在火车的餐堂中，二人摇摇罢罢的走着，抵抗快车的振动，是何等的勇进。而船上的三十九天是今年账上惟一的大收入。

初回家时也还着实有兴致哩，从宁波到了曹娥，虽然离家已经很近了，却因为村中有戏，所以逗留在那里。在戏台锣鼓尚未开手的时候，我利用时间到田间去走，河中远远的来一小船，听声音就知道是敲“棒槌头鱼”的。

我远远的问船中拏网的渔人：

“老人家生意好ㄐㄝ？”

“好ㄍㄛ。你来‘耍子’呵？”他又稍放低声音对一个小孩大概是他的孙儿说，“这是高先生呢。”

我暗笑他以为这样装束的只有医院里的“洋先生”。而且他以为夹进一个“耍子”的杭州语音就能使天边的人也懂了。可是我十分的感动这种乡间真朴的热情，所以决计此后常去接近这种人，看他的船缓缓的从斜在河边的细竹下钻进去，衬着特有风格的绍兴式的青山；绍兴的水尤其特别，浓厚的油似的在荡漾，船影结成圆润的小块，如水蛭的伸缩，忽连忽断。我高兴将来我不愁做法国杂志上的文章没有材料。

在家竟住了四十天，天天急着怕坍掉，于是以看梅为理由，打破一切留难而到西湖了。在起身的那几天尽是风雨，而且在旅行前收到“借问卢耽鹤，西飞几岁还？”的赠诗，本来很可依恋的，然而我竟成行。

在西湖我颇高兴，我高兴居然做到我回国期内不滥竽做事的初愿，虽然作画很少，非以前所料及，究竟书是看的，而且正如西湖书信第五中所说，我是随时设法振作的。四月间，二哥回家，我本很想同他来北京的，但听他讲起京城近况，我就不敢来了。现在想起来，那时确实有主意。

日记本的空页全在到北京的时期内。我决不是想怨北京，我相信这因为懒的程度是与回国后的时间成正比例的，倘若此时还在西湖或在家乡，也不过现在的一个我罢了。

我自己也不相信，为什么我好像是泥田上的铅球，移来移去总安然的陷着不肯动。

离法国时诸师友何等的勉励我，告我不要间断，每天高声读法文一段，以免荒疏。可是，到北京以来四个月余了，还没有读过四五天。以前是因为初到，旅行辛苦了不读的，后来自然因为太冷了吧。然而自问也并不因此。在西湖在家中时，虽或有要事，也苦心不肯中辍的。

查考收发信件本，也寻得出懒下去的证据。写寄法国的信每月少下来，连常通信的几处也几乎要一月一次了。当然因为我少写给他们之故，我所接收的也少起来了。

我决意教惠迪学画学法文的，至今没有教他。他累次要我讲故事，也没有好好的给他讲，他没有更严重的方法可以催我，于是那天说："三爹你还不给我讲故事，你还欠我两本故事哩，'两条腿'与法国老太太送的小黑人吃香烟的故事。我的生日要到了，你总得讲了罢。"

总之，到了北京以后果然不必说，在这回国的一年中没有可以入账的成绩；若论回国以前所希望的更相差太远了。

画菊花的一段短时间还快乐的，可是至今没有整理画稿，如此下去，可以与不画一样。

此外还有一件事是要记的：在绍兴时，经过新河衖[1]，见河边一点光明，知是一个萤火，我情不自禁的伸手从水中捞他起来。在现在说起来，自然是希望他光大，希望他高飞。但在当时，并没有经

[1] 编者注：xiàng，同"巷"

过知的作用，这样的意志只是出于急骤的情感的。我至今屡屡为了这种勇敢而自慰，但同时悔恨，他之总不高飞或者是我污俗的指头触了他之故。除此以外，真的没有可说的成绩了。有的，衣襟上渐渐的增加吃饭时所溅的油迹，有如天将黑时渐渐的增加星数。还有，大衣因为在电车中常被人挨挤而磨损如麻布了，因为怕冷的两手狠狠的送进去而口袋开裂了。我在回国后所得的尽在于此了。虽然有别一个我时时逼着说“做事体吓！”但也是无益。

昨日接韩敖兄信及他译 Rodin 的 L’art 原稿，信中说我的细心，又说他比我更懒。我非但不译法文，连说与看都极生疏了，韩敖兄，你知道吗？我变到这样了，且不说对自己，我怎样对希望我勉励我的师友呢。

信中说及李夏诸同学也已动身回来了，自然，他们将为中国人效力，而且他们决不会像我的把持不住的；然而我也要预告他们，人的能力是这样小的，走进一个社会去，见你有一点不同就要奇怪，甚且要干涉你，正与自己不易保持固有的态皮，立刻舍己从人是一样的。人家责你欠虚心，跟了他，造成了轻信：你以为应该坚忍，不巧的，常常只是固执罢了。我是能力很小的人中之最小的，所以事事犹豫，而事事失当。我相信法国社会的活泼空气处处给人自由意志，因为没有范型，什么都得思想，也就是什么都能用自己的思想。这是使人不易错去的原因。

我现在总还想振拔，倘若以后还与今年一样，那也没有法子；但我不信一经再到法国，我还不能恢复原状。

十二月三十日

“第二梦”

许我放肆，也要许我骄傲，我不能留口的说，在中国已能看到这样的好戏了！

昨晚，燕大学生在协和大礼堂演戏，其中有一出“第二梦”，真使我意料以外的满意，——可是我并不想话中含有不敬之意。

我自己相信心肠是有些硬的，可是，“第二梦”中各人物给我的问题阵阵袭来，使我不敢再想台上是假的，是一个“梦”。

那一个看客心中不受这戏的演员们的袭击？演员们从“飞来林”回来，一个一个的觉醒过来，然而他们将自己脱出的林子永远罩住我们，使我们走一林又一林的沈醉着。当我走出剧场取衣帽时，我还不觉得已跳出他们的魔力，就是现在也还分明是在这浓郁的林中呢。

艺术是用了真话讲假的事体，也就是挟真理说假话。我如这剧中所指示的相信“第二梦”之空虚；但我能认真的做梦。认真的做梦，梦就变为真实了。我在飞来林中找我心上最喜欢的东西，得到时我决不来想这是梦，得不到我还继续的找寻，在就是这林中或另一个中，如果得到而又消失了，我也永远的觉得是存在的。倘若不信，请问我们为什么这样忘不了昨晚的“第二梦”戏呢？请问我们为什么似乎百遍不厌的想看这“第二梦”戏呢？

一九二六年一月八日

孔德学校

孔德学校利用年假时间在校内开第二届美术展览会，我天天想去参观，但终于一直到最后一天的晚上才赶到。

我很注意孔德学校，第一个原因自然为了我的姪[1]子与许多男的女的小朋友在那里求学之故，更大的缘故，就我耳目所及的，孔德是最有组织最肯用试验的精神以求革新的学校。因此我爱很读他们的旬刊。当他们开展览会的时候，难道我有不十分乐意去看的吗？

会中作品从幼稚生起到各级学生均分别陈列。我很注意于幼稚生的图书，试看俞成姑娘用色铅笔画的飞机，我们应该惭愧还不如他那样没有传袭的

[1] 编者注：同“侄”

飛　機

痕迹。我看旬刊第十五期上卢近曾君的“张先生摔盌”的末段：

张先生不响了，但见他望上一举，盌子就碎啦。大家都笑了，弄的我也笑了。张先生说：“不许你笑，小孩子家！”

这种轻妙是自然的，不是谁教他的。我们要窥探天地间的秘藏，应该等待“生眼”；初入世的眼光与看惯了东西的不同，在一间看惯的室内可以有许多东西为我们所不见的，而在“生眼”反易于发见。不幸的我们因为要使新生的人的能力发达，用方法加到他们身上，反使他们就型，与前人一样的无能了。

多少人都喜欢嚷新派别，以为时势所趋，非适应潮流不可，实在，依从他人有何可贵呢。

齐长女士的油画“晨光”处处显出他自己的意志。我们要看见八面玲珑的真理，我们就等待着这班眼光锐利的青年。

会中还陈列各教师的作品。我还记得，我在小学校时，绝对没有教师的作品与学生的并列的，有几位，就是黑板上的字也必于退课时拭去，防有人

晨　光

窥破他们的错误，或者有学生并写在他的字旁边与他的去比别。孔德学校的教师则不然，他们不以自己的格式去范型他们的学生，但在旁边立着，使学生自然的倾会他们的方法，教师好像是一个梯子，不让学生一级一级的扶上去，却鼓励他们刻刻空跳，梯子的阶级只给他们做个高跳的标准罢了。以后，即使没有梯子，他们也能“徒足”跳过墙去了。他们的旬刊也是用这种方法的。

展览会已经闭会，只得等到下次了；我们现在看他们的旬刊罢。

一月九日

鸡毛帚

人类的生命是共同的，对于中国的小孩我不必比他人特别悲哀，因为中国小孩的责任也是人类共同的；然而我不能不替中国小孩们悲哀，因为我是为全人类着想的。

这种话未必没有人听不懂的，我应该加些解释。我先缩小范围讲一国内有产人家的小孩罢，他们有吃的，有穿的；贫苦人无论怎样的饿着冻着，不能使他们饿使他们冻。然而你瞧，当他们出来时，穷人们要向他们求讨；他们要吃糖，必要经过小贩们龌龊的手把，他们要坐车，必要吸受车夫们喘息的气味。倘若宁愿步门不出了，也还是不能与穷人们隔绝，最显著的，当流行病盛行的时候，关在深院的人也是疾病或死亡。大家应该记着，全人类所呼吸的空气是共同的呵！更要记着，人类的精神是共同的呵！

是的，怀疑的人也有理由，我们明白看到，如现在塞纳河水的高涨于我们中国人毫无损害，还有以前东京横滨大地震反使我们少受日本人的欺凌；小一点的，我们更可看见，电车中姓张的在姓李的袋中偷摸一块钱，明白是李的损失变为张的利益了，又如你买两个铜子的花生米，看他从纸包里放进去，你心想他多放一颗，就是他的挑中将要少一颗。这样看来，人类的利害并不是共同的。然而，请留意，我们说的是人类呵，姓李的少了，姓张的多了，于人类全体并无多少呢。

可怜的中国小孩，拖泥带水的，不知道将来怎样死法的，大家以为是无关于自己的，不加顾问。我屡次忍不住的想说些话：现在，在京报馆旧社址面前见了一担耍货与一位老人，又引起我的不平了。

中国小孩不受谁的注意，大家好像是不想到他们是要长大起来的，或者以为他们反正是会长大起来的；对于大多数贫苦的不必论了，就是富有的也只是让他们腐烂。我先试问中国是否允许小孩有玩具的？我知道这句话是问住了，我们虽然也见过几件玩艺儿，但父母禁止小孩玩要是时常听到的。中国以外的那一个民族是这样的？

这位老人，注视担中的货物，挂在架上的有小花篮小葫芦，还有小轮子的车子；盘中是腊制的果子，小小的铜喇叭，以及脖子软软摇动的小泥人儿。他确认小孩们应该有玩具；虽然没有能力将这意思传达给人们，他却尽力的卖他所有的玩具，正如他不能提倡在西北种树，不能从事马路的改良，却备着鸡毛帚，时时拂拭吹到他担上的风沙。他额上折痕中的辛苦已经深重了，然而他并不顾虑。可怜的小孩们遇见这位老人就心花怒放了。

我知道，除以他人之害为自己之利的人以外，凡知道人类生命是共同的人必与我同样的感受老人的好意的罢。

一月二十一日

介绍韩敖君

韩敖的名字诸位没有听到过罢，然而你们早已屡读他的文字了。他就是做“十九世纪法兰西文学”的全飞。译波特莱尔诗的伏睡，以及胡然等等许多许多名字都是他。

我很不安，没有得到他的同意，这样说了出来，不知他将很生气否。他恶名，不论是好的事或是坏的，他怕惊动人。在房中进出，他能使同房的人没有觉得；在群众中不必说了，就是在三五人中，别人好像没有他在旁边：他把自己收藏得真妥贴。轮到他不得不说话的时候，他说，或者用随时不同的情感表示“我是很怕羞的”。多数人看他不会开口，猜他是无用的，永远转过背脊不睬他了。然而这正中了他的计。当他觉得有意味时，他观察旁边发议论者的态度，体味其心情；如果他不想注意，他就默想自己愿意的材料，外间的事物丝毫不能附到他的心上了。来客们心中没有他；他的心中也没有来客。但当他遇见合意的人时，终日甚且终夜满屋只听到他的议论。这种议论总是我们所谓 en général 的（意为大概，说的是普遍的话）。可是他如此不肯自信，虽然对于熟友也是如此。他在最近给我的信中说：

我现在晓得我是一个顶不健全的人，身体不健全，思想不健全，说的话不健全，写的文章不健全。我不晓得我写给你的信有多少 Sottises（按，意为谬误）多少不知高低的话，你总能原谅我的。

他这样的虚心，所以处处怕人受到他的坏影响，他说：

我做的文章的损害读者，我无法可求谅，我惟有随时改名，将罪过分配在那些假名上，这虽不是我怯懦，我实在是弱者。然我并不讳言。

我不怕韩敖君生气。我要说，世间究竟不能有充塞天地的人。那一个人的能力不薄弱，还加人与人拖牵着，不让你前进。韩敖君在巴黎寄信给我说，“我们的责任太重大，我们的希望太渺茫”

这是无怪的。我们除在薄弱中挑选精壮外还有什么方法呢。

我不配恭维人，但我相信韩敖君是精壮的一个。

你见过静水罢，虽然是印度洋之大，也如圆镜的没有丝毫折皱。星光投进去，粒粒反照出来。就是一点微尘沾上去，他的感觉也能辨别出来，层层绘出圆痕。然而就是这个水，有时高跃数十丈，而且有时结成冰，铁锤也不能打破他。他刻划岩石，或者拆裂他，使之成为沙石再成为泥土。

静默的韩敖君早已开始他冲击巨岩的工作了，虽然他如此的不愿人知道他的名字，我总不肯不以他的成绩介绍给读者。

我所要报告的最大消息就是他最爱读的罗丹的《美术》书译成汉文了。这书是 Csell 记他与罗丹的谈话，上面有一篇罗丹的嘱词的。这引言已由徐先生译出登在语丝五十二期上。

韩敖君在书前做了一篇引论，详述罗丹的生平与作品。在全书付印以前，我先介绍这引论在本刊上登载，以期早与读者相见。

引论之前的一篇代序，他本不想发表的，但他来信中有一段：

有几位同学嫌我这篇代序的文体不统一，前面过于“文”，后面又是“白”了。其实我作这篇时毫无成心，不过自己心中以为这样的文字较适合于这样的意思。听说章士剑要复古文，我怕犯嫌疑，其实我自信文学总以意思为主，且我文中第一段的譬喻的影子，在以前的中国文中恐未有人用过，所以也不要紧。

章士剑所要复的古文那里能够到这里来说，所以我径把他发表了。

他在国内是学哲学的，很爱佛经；到法国后潜心于心理。他却在大学研究自然科学，而暗暗的大在看文学书，这是我到后来才晓得的。现在他刚转入文科，岂知他早已攻入美术界了。

我们除细读他的译作《美术》以外，还等待着他陆续供给我们的译文与创作。他的静默一定使他成为他序中所说的“光明灿烂，华彩熠耀，无坚不摧，旷世之珍的金刚石”！

一月二十六日

前留学生

——迎接李亮恭夏亢农二同学回国

依礼我该是来欢迎你们的，只是我的口头没有欢乐的话呵。

接觉之兄来信，知二位已经放洋回国，那末现在你们当可到北京了。近来我正刻刻在想念里昂，愈是走不成愈是想念。忽然听到你们要回来的消息，真使我不能隐忍了。

二位不同凡人，我敢说，你们必能为这个臭中国放香，所以我很想来欢迎你们；然而我的心情真奇怪，我所能说的全不是我所欲撑面子的话了。

你们或者一到中国就已尝到滋味了，中国社会的欢迎留学回国的学生真热诚呵。可是我个人的感觉，以为这是十分的难受。必定的，他们要请你讲演，说“先生对于文学很有研究，务请不吝金玉，以扩我们的胸襟。”或者拏了“敦聘为某大学某科教授”的聘书，又奉送你许多不等待的好话。我回想在法国时所听所见的讲演者与教授中绝对没有如我的一副口舌的，你想，听了他们的恭维安得不惭愧。可是要小心，轻意恭维人的必定轻意蔑视人；或者可以说，瞎着眼睛抬举你，就不难瞎着眼睛打倒你。他们会问你，现在欧洲的文学状况如何？自然，我们不是不应该晓得欧洲文学近况的，不过，倘若你回答得迟疑一点，他自己以为就能推测你的不知了。但他一点也不知道中国文学近况，而自己不以为意的。或者有人会问你罗丹的儿子是什么名字，你若答不出，便说你这一点也不知道，其余可知了。中国社会需要人才，而且屡次有人说留学生回国不得用的话，所以特别重视。

然而，报纸上常见的介绍初回国学生如西天下凡来的，实在给这人以最重的铐枷。但这是十分的好意，本也不足怪的；所最坏事的，当有人问他西洋的牛有怎样大的时候，忘了他的是蛙肚子，一涨就破了。其实，在初期，留学生的要示博于国人是因为社会看不起他们，也有些苦心的；现在则不但万事占先，竟有许多学校规定凡留学过的教员，就是职务相同的，薪水比别人多得远甚。你们想，在这样受人尊视的时候，赶快退让，还得平直，又何必虚张声势呢。可是坏了，一吹大家吹，吹得没有一个不破。你们必与我一样清楚的记得，我们在旧炮台的沉闷空气中，忽然读到晨报副刊上西滢批评陈大悲译本的文章，虽然他的态度不好，但因为他能指出他人的错误，使我们对于中国批评界有一个大希望。不到两年，陈源的议论已悖到如此，而这两年中，因为陈大悲不再译，他也不再批评无论什么译本了。于是称为中国最研究英国文学的人就此终结。徐志摩，蒋梦麐[1]，胡适（他是我的先生）等等，都是搭过高架子的。帮他们搭架子的人也是难怪的，因为只见他们在轮船汽笛鸣的一声中向苍茫的海边飞去，回来的时候片子上多了一行字，是某某大学博士，只觉得这样一去就能多一行字之可惊奇，这行字怎么会多起来，或者怎样的多起来，他们是不管的，因为如此，他们闭了眼睛搭台，等

[1] 编者注：“蒋梦麟”

到看出唱工并不高明，或者并不等到看出缺点，就把亲手搭起来的台拆卸。我是赞成人家拆台的，真的，就我个人而论，只是在讲堂的后排壁角里听过几次讲，别的没有了。我敢推想，大多数留学生都不过听过几次讲罢了。至于说在舆论界的势力，你们知道有几位能在外国报纸角上说一个字的。然而这辈留学生回到中国，可以在大学讲坛上教授，在舆论界左右了。（我决不想左右舆论界，然而为了要表现这个意思，所以不得不投到报馆去，这是很抱歉的。不过“官费生”们以为像我这种不是正宗的，他们才可称为留学生，那末我不必担负这罪了。）说到留学生，我最觉得这名词的奇怪。我回国以后始知我是这件如此光荣的东西了，其实应该称为“前留学生”才对；我们正在留学时，倒没有人叫我们留学生的。

说的都是空话。我想，如果人家早知道我要这样饶舌，必定早已宁愿不来理我了，当然，他们理我有什么贪图呢。我所要说的是我回国后所感觉到的，或可供你们的参考。

你们必定记得，我们住在旧炮台中的时候，每人虽只有一个小床与一顶大桌的四分之一，我且没有大桌，一顶板桌更是狭小，但燃起酒精灯，烧了水，各人泡一碗茶喝，大家尽心所有的谈讲是很快乐的。我们决定回国后组织一个全国旅行团，我们说定请二位担任生物的采集，承你们不弃，要我担任绘画。不知你们到现在还有兴致否？我呢，初回国时还照样渴望着的，现在，要到浙江去也不成，关在北京城中等了几个月了,忽然这一条路断绝交通了,忽然是那一条了，志气也消尽了，还说什么考察旅行呢。你们一见现状也就明白了吧。

一切情形你们一见就会明白，不必我说；但我要郑重告诉你们：凡到所有机关之与法国的相像者，例如邮务局，火车站，电影场等，你们会忘记是在中国，最易吃亏。我在电车上吃苦真够了。我爱坐电车，平常处处觉得不适意，去坐电车可以骗骗自己是在里昂，因为明白知道这里的电车都是在里昂造的。可是我决不能设想是在里昂。好不容易，我上车去，拥挤的只在门口，大家不肯到里边空地去。每到一站，他们要下去，他们推我呵，他们挤我呵！偶然遇到有空位，我坐下，但旁边的人就在我的腿上坐下来，坐着我的衣边的还算没有此事。这位老先生或者小先生吃起花生米来了，我看他把花生衣散在我的大衣上，渐渐的多起来，我能怎样呢？要下去的时候，不等电车完全停止，人已上来了。卖票者尽管说“下！下！下！”我尽管说“借光！借光！”而他们尽管上来。在里昂时我有一次见到，电车分路的地方，一个车夫走下去用铁尺扳轨道。当他凝神注意他的工作的时候，上面有T.O.L三个小红字的帽子不见了。急忙抬起头来四顾，他知道帽子在电车里一个小姑娘的手中，他不但不怒，而且改为从容的面色，笑着，继续扳他的铁轨。电车走过换轨之处他回电车中了，这位从小学校散学出来的小姑娘还他帽子，两人和气的谈话。不幸的，我记着里昂电车中的许多好的故事，使我不能在北京的电车中想象是在里昂。全里昂人相互是兄弟姊妹，所以很是和乐而且相互照应，因为他人吃亏了与自己吃亏是一样的。在中国，自然，大家相信拏出一丝一毫去，就少了这一丝一毫了；小钱去大钱来的自然最好，否则也要收得回本钱的始肯拏出去。这种观念之下，讨价与还价，欺诈，阴谋，一切坏事都盛行了。你们不必觉得稀奇，要在中国做人确实不应如在外国的诚朴的。

然而你们不必担忧学不会，也不必佩服在中国的人有本领，满街多着磨练的机会呵。断手的，断足的，瞎跟[1]的，披麻布裹破报纸的，声声口口说出“爷爷太太，可怜可怜”与我们同一语言的，我们在街上走一点钟至少可以遇见三十个。你们想，如果是有同情的，拏出两个铜子，怎么压得下去呢？在里昂的大学桥上，用机器装在断手臂上的老人常在拉提琴，他毫不向我们诉说，我们也给他两个铜子，大家没有深沈的悲痛的。在北京乞丐如此的多，又如此的惨，真是压不住悲感。然而，正因为多了，当初确是心头重重，说不出的难过，后来，非但两个铜子就能买得安慰，而且转过面不看他们，就同没有这事一样了。这种磨练是很有成效的，不过刀剑愈磨愈锐利，心灵是愈磨愈钝有些不同罢了。

如果说中国人不想振作吗，则又像不是的。朋友间相互的责备是很严的，你到司徒家里去，听到

[1] 编者注：疑为“眼”

严厉责备司空的话，到司空家里去时呢，他也大大的责备司徒。他们都是很好意似的。这种还算朋友不敢直言的；大多数是面责或笔责的呢！

在这种现状之下，我得到一个教训：倘若如两个东洋车的碰了一下的时候，你们该先骂“肏你妈妈的！”如果他人已先骂出口了，那末你该赶快骂“肏你的奶奶！”虽然现在还不通用，将来，“曾祖奶奶，玄祖奶奶”总是要用到的，你们可以预备的了。

我们以前以为里大是缩小的中国，错了大的中国真是没奇没有呢。

在这种社会中是很自由的呢，你们知道有什么来限制你呢。然而他只准你腐烂，不准你跳动！

你们要设想，一年不看见，我已发神经病到这样程度了吧？这大不然，你会看见，我还戴着黑帽子，虽然那时的一顶已经破旧了；我还穿着那件大衣，虽然已被电车中人挨挤，被袋中成百成百的铜子挂得不成样子了；我披散的头发是保留着，决不从人；而我的面貌因为到处吃猪肉猪油，反比以前肥胖。所以，你们的设想一定错误，我的近状是与以前一样的，只是，心中已不是以前细磨细琢的春台了。

我以前常笑人，忧愁或怨恨者必是神经衰弱或心志薄弱的。现在我似乎没有主意不做这种人了。我相信人类互助能力之大，然而同一原因，使人相互的牵制着。极浅近然而大家不注意的一句话：甲地的人走到乙地上要保持原有的态度是绝对不可能的。你们如要责备我太易同化，我就要举一个例给你们听。你们就会知道的，一圆银币已够讨厌的了，换上铜圆，又厚又重的有一百五十四块或者三百零八块，少厚少重一点的还该拣出，这是没有人要的。我是喜欢“死蟹张钳”的走走的，一块钱的铜子拏在手中够你满满的不能拏别的东西，放在袋中就像铁索缠腰的伸不开脚步了。可是中国人喜欢用这种东西的。有过铜子票角子票，忽然值多少，忽然值多少，结果都觉不能用似的不用了。我知道多着如我的爱用纸币的人，然而同谁去说呢！我只好让你们说我没有抵抗的精神了。

离里昂之先，我对亢农说，我怕到中国觉得不便，极小的事，在中国用冷水洗面也不能保持罢。

我告诉你们，我早已惯用热水洗面而要嫌冷水之不能洗了。

老实说，我虽很希望与你们相见，却并不希望相见之地是中国！

你们是决不会疑惑我是所谓“怀才不用”而愤激者流的。不过，你们三十余天旅途辛苦之后就听这种剑拔弩张的话，不免太没趣，况且我是相信你们能为中国放香的。我的眼前明白显出亮恭的沈默致密，用了极忍耐极诚恳的情感缕缕的告我生物学上的事实，如在里大的时候。亢农一定比以前更广博了，文学的哲学的科学的上天下地都知道的，我渴望着听他滔滔不绝的讲出来。我如此的希望早日能与你们面谈呵！

还有一句话要问问你们，你们起身的时候，里昂的水鸥们已经飞到否？

孙福熙

一月二十九日

佛瑟尔大老爷

佛瑟尔大老爷者一个法兰西的大老爷也。

唔，不对，我的耳朵边隐隐的听到说：

“如果先生还有半分人气，请先生清清楚楚的回我两句话。……”

唔，对了，佛瑟尔大老爷就是他，我正找了好久没有找着呢。

佛瑟尔大老爷！请勿冒火，你要问我关羽的母亲用了什么模型铸成他的面孔，这正与为什么赵匡胤的将士们所做的黄袍正合他的身材是一样的难答。请你且耐，我讲给你听。

你们以为我真的来讲给他听了。我不是编辑先生，没有权力把雪白的纸面整整的开辟作我与他比武之地，不过时下小孩子们不肯读书，（写到这里，我装起要咳嗽的样子，而且连忙放下笔捻胡子。）

专喜欢探听张三打李四一拳，李四回了一脚的事，所以我也来冒充是这种好消息。可是，……张三先生呀，……啊还有李四先生呀，这完全是我误传的结果，我要预先向你道歉的。

老找了半天的佛瑟尔大老爷的名字是在法国文学周报上见到的，亏得原证还在，请你们看一看。否则又要说是口说无凭了。

这个圆印上写的是：“赛局慨书”四个大字，圆周一圈是：“佛瑟尔大老爷合无可赛君领校修印绘所重事”十九个细字。我想没有数错吧？劳驾您为我校正一下。

这个印是在法国文学周报上，那末我说佛瑟尔大老爷是法国大老爷或许没有错吧？我连忙看文字，这就难说了，他写着“最古的中国小说”，那末不免仍是中国大老爷呢。

我再看下去罢。见笑得很，我的外国文是不……说错了，是不大……又说错了，是荒疏了的，不过，我很研究字典之学——英文叫做狄克勋娜……罗齐，法文叫做地克西勇内罗徐——所以一翻就懂了。他说，这部小说叫得《月光下的微风》，我要声明，我生发未燥，就是研究外国学问的，这要请国学家指教，中国有这样一部最古的小说的吗？哼，自命为国粹学家，这一点也不知道吗？

我再告诉你，作者的姓名是隐下的，只有一个假名，叫做“著名的教义的媒婆”，是元朝人，这样还不知道吗？我再告诉你，他说，并不因为假名的缘故，影响于他数十万本的销售，看这本书的人比看圣经的更多。

幸亏第二期的周报上有一篇书报介绍，说这部如画的中国小说用了妩媚的态度，高尚的事实，描述一对佳偶的爱情的。少女叫做“镜心”（大概是冰心），写得是全小说中所有人物中最聪颖最明白的，实在说起来，他的父亲与他的未婚夫叫做“洁玉”的都是跟了他的指导，以解脱每次困难的威吓。这种式样的女子，在古时的小说中是很少见的：以前的女子总是愿意处在被动地位的，只有神女能够跳出这个规律，他不是一个 sienn-dze（仙子），他愿意只做一个人间的女英雄。

他又考证，《月光下的微风》于一七六一年有 Thomas Percy 的英译本出现，名 The pleasing union，这是意译的，根据一种葡萄牙译本而只有原小说的第四本与前三本的节略的。为一个苏格兰人 Wilkinson 曾住广东者所述。同年，德文译本也已出版，而法译本则在一七六六年。此后，一八二九年又有英文的新译本，而法国亦于一八四二年改译。直至现在，麻杭（Soulie de Morand）先生是从中国原文全部译出的第一人。

呵我晓得了，这就是《好逑传》呵。鲁迅先生的中国小说史略中说好逑传一[1]名侠义风月传，

[1] 编者注：疑为“又”

麻杭（Soulie de Morand）先生

“风”与“月”是对的，署“名教编次”，那末，“著名教义的媒婆”就是这个的译文了。可惜“媒婆”与“中人”还有些出入耳。

大战以后，法国人受过五年的愁苦与悲哀，转了过来，故意用胜利的大快乐来压倒切身的痛苦。而且在戏剧电影小说与各种游戏上都可以看出，马戏场中，做自行车的游戏，愈演愈奇，有单轮的，有轮子压破成椭圆形者，忽高忽低的也能驾驶。还有两个极小的轮子而坐位高至丈余者，骑车者先爬到梯上，再踏到车上就座，这样高还能开行已可奇了，而他还要放去把手，拏报纸从容的看，以引观众的大笑。更有翻筋斗从丹麦起，穿过欧洲，直到马赛。总之，大家的感情已很粗钝了，非有更强的感情来刺戟不足以安慰。然而现在渐渐的过去了。现在，新奇仍能满足他们的需要而情感是细腻的，这正是中国风介绍入境的原因了。

麻杭先生的重译《好逑传》正合时人的需要的。至于所译名字之不合，也难免是故意引人好奇心之故。我看介绍者所引译铁中玉眼中初见水冰心的印象一段，并无如何错误。这样看来，我们译西文的错误还不能拉麻杭先生做我们的陪伴哩。

“那末那个圆印呢？”是的，我要与你讲这个圆印。

他在圆印旁写着：讲到这种中国字的意义，当然为我们大多数的读者所不可解的。然而这个圆印只是用以装饰书面而且引人惊奇罢了。在“孔夫子”的文字中，用了精妙的笔尖画着的是这样的意义：

（按，以下原是用法文译圆印中的中文的；现在我要用中文译这个法文了。）

这本书是“精美与大量”书局印行的，

Furc-ham-er（佛陀的琴）老人，

Vou-Kra（不能比拟的）陛下。

绘画与印像的办公所主持的大工作。

愈译愈不懂了，“精美”当是译“赛”字的赛螃蟹与萝卜赛过梨的赛。“大量”当是“慷慨”的话了。原来是 Grasset（慨赛）书局呵。那末佛陀的琴老人是佛瑟尔大老爷，不能比拟的陛下是无可赛君，也就明白了。只是他的大字与小字都写了“蟹行”的，没有完全学像中国式为可惜耳。

我自然很害怕，在中国必有许多马克斯大老爷陶斯道大老爷被我们误认而我们不知，然而我还要为慨赛书局辩，虽然我要声明，我并不认识他，我与他的感情，并不比我与你的好。

当大批的里昂中法大学生从中国到里昂时，社会间大起了恐慌，这并不因为中国人好吃饭而恐慌，只因为，这样一件大新闻应该加在各种事业上，是很合时式的，可惜没有材料可以参考与中国有关联的事物。我知道，倘若他们有一本中国装饰画一类的书，不论好坏，也是实货了。但他们得不到，所以在窗帘上，饭巾上，磁器上多多用狗做图案。中国人与狗的关系就是上海公园门口所写的狗与华人不得入内的关系吗？可怜，太冤枉里昂人了。他们说，Chine（中国）与 Chien（狗）两字不很像吗？

我还有故事要讲。有一回，我见一位漂亮妇人到里昂中法大学来，我连忙掉头不去看他，因为我难为情了。幸亏他没有见到我，否则，将使他看出我正见笑他所认为可喜的事呢。我的名字中的福字，方方的尽够讨厌的了，而他衫上满身的“福”字花纹全是反的。

法国人知道中国人吃饭是用筷的，他们学中国人吃饭就用两手分取两条竹筷如用刀叉的吃起来了。他说这是电影中学来的。

说起电影，美国人做的一出电影里，当中国人说话时，就在口中吐出或长或圆的细块，如装饰用圆寿字之类。他们以为中国人说出来的也是圆的了。

常见法国人吃米饭，牛奶火腿煮的，用叉送到嘴里，半闭了眼，细细的体味。他们说，米饭真好吃，难怪中国人天天吃不厌。而中国人呢，常说，面包已是点心了，还何必用菜蔬送下去呢？不知这种当做美味的面包，西洋乞丐也天天在吃呢。

我对于佛瑟尔大老爷不能不肃然起敬，因为他们究竟竭力的在求了解他人的思想。但我没有见整部的译本，据说还有三十余幅的插图使人感觉愈加切实，如身历其境的读一产[1]“天方夜谈”[2]。

诸位很失望吧，写了许多废话，还没有讲到比武情事。可是我的话继续不下去了，只有请您原谅了罢。

一月三十一日

[1] 编者注：疑错

[2] 编者注：同“天方夜谭”

画饼充饥的新年多吉庆

这几天街上热闹极了，黑阵阵的人马挤来挤去的跳动，好像一只[1]有人在打击的大沙盘中滚转的沙粒。人数比平日增多了，货物尤其多。你到东四牌楼或西单牌楼去看看，假象牙似的麦糖，有方条的，有圆块的，成堆成堆的摊着，羊肉铺门口满挂光油油的羊，南纸店门口满挂大串的锭，粉条粉皮满堆在杂货铺门口，匏瓜做的饭瓢，膏粱[2]杆做的水缸盖，薄铁片做的簸箕与炉子上的通气管等等一大堆一大堆的摊在我叫不出名字的店门口。总之，不论是那一种职业，大家各各尽量的用力，提高而且推广他们的营业，即使是一个粪夫，也为了“时代思潮所趋”，他们车上藤匣中比平日特别的装得

[1] 编者注：疑为“直”

[2] 编者注：疑为“高粱”

連 年 有 餘

充满。

这些事于我有什么相干呢，我何必管他。我只看中了画儿摊上随风飘动的画儿。画儿与我有什么相干呢？看对了，我有谁可以去告诉，要他买给我？倘若我愿买了送人，又有谁可送呢？可是，我不因此就不走近去看看。我能够，当我看了想望有人买给我的时候，我就扮一个如此爱我的人，高兴的买了，摸摸我的头顶而送给我；当我看了想买来送人的时候，我就扮一个这样得人意的小孩，喜吱吱的扑了过来，接受我的画儿，说过谢谢之后，还要皮顽的说一句“我还要……”。

我记得小孩时在绍兴所见“花纸”之好，有一张叫做“老鼠做亲”的，到现在我还有很深的印像。全图五六十个老鼠，都穿了红衣，短袖短脚，露出多毛的两手与两足。老鼠掌旗，老鼠提灯，敲锣的也是老鼠，吹喇叭的也是老鼠，抬花轿的搬嫁妆的成对成对的都是老鼠，而且轿里面坐着一个蒙红绸的老鼠新娘。可惜的，北京画儿摊上不见有这一类的，否则我必能把那时听过的笑话与那时我所做的事被人当为笑话讲的都联想起来，可是现在一点也引逗不出，不能讲给你听了。

这里的书儿取材于戏剧者最多，自然，尤其是武剧，而神怪事迹次之。武剧人马众多，不致冷落稀疏，布局较易；而服装面貌在戏剧中均已加重分量，有很显明很鲜艳的表示，例如关云长脸红，诸葛亮穿八卦衣，人人早已看惯，画者不必费大力已可使人知道所画的是谁了，这是多画武剧的第二原因。孙悟空有通天棍，姜子牙有杏黄旗等等，在小说中不怕笔头秃的描写，读者已梦寐不忘的记存着了，画中表示了出来，阅者不必等待看这个拏武器者的身手与眉目，已很能想象他的神威了。

自然，多画武剧的原因是因为大多数人喜欢武剧，小孩子喜欢打仗的热闹，无智识者喜欢打仗以发泄他不能发展的“抓地毯”。画儿摊上画武戏者之多，并不因为别种的画销路大，早被人买去了之故；这是卖画儿者几十年的经验，知道剧画销数大，非多备不可的缘故。这种画材，无疑的，与戏剧本身一样，大多数大多数是出于封神传，三国志演义，西游记演义，水浒等几部小说的。我现在来看“拿白菊花”一幅罢。

在美珍楼，白菊花晏飞举起右脚，躲避南侠展昭向下杀来的一剑。粉面哪咤[1]卢珍，黑妖狐智化，小侠艾虎，山西雁徐良，玉面小专诸白芸生等团团围攻。邢如龙擎着酱缸盖，骇得凛凛战抖的病判官周瑞浸在缸中了。墙顶，飞毛腿高谢，翻江鼠蒋平追赶着对打。

“哼！你要捧这种东西为艺术了吗？”这恶声的警告喊住我的话了。

说起艺术，真是惭愧。我虽然名称是学艺术的，可是，我胀破肚皮的对你说，打领结我是学会了的，别的就什么都不知道了。我之绝不谈到艺术者正是我的美德呢。

“你消费了国家的巨资去学画，回来了正应该……”

哼！请求原谅，这一次可否轮到我哼了，我不敢交易什么巨资，也不会了解什么国家我愿意学些画儿，只因为我自己的愿意，并不为了什么人什么人。倘若说起报谢谁，自然，我出门去的时候，有

[1] 编者注：疑为“哪吒”

一个车夫拉我到车站的；出门以前，有人烧饭给我吃，倒水给我洗，穿的是人家给我做的衣，住的是人家给我造的房子，而且直至现在我还这样的在享受利益。这些人以及其他于我有益的，我都该一一的报谢吗？这是不可能的：只要尽力从事一件事，未尝不可尽我对于人的义务的。

不必见笑，看看摊上的画儿就是我的公事呵，比起夹了皮包坐在两轮子上拉着的簸箕中的人天天去划到者还要正经。你如果愿意说这就是我为了报谢他人而尽的义务也可以，你如果愿意说这就是我为了自己如吸空气的看重我的生命也可以。而且我也不管你愿说那一句，或者愿说不愿说，我又要讲下去了。

剧画以外要算是年画最多了。平日，大多数人好像大火时寻水的谋生，哪里来的工夫买张画看看。到了新年，农人，地里是闲了，苦工，多半因为要他做工的人多半也闲着了，所以可以闲暇几日，于是有看画的时候了。而且这时节亲邻都有工夫来往了，于是要点缀，愈加需要画儿了，作画的人给他们画些什么呢？第一当然要悦目，第二尤其要称心。

所以这种年画总是祝福的。我也想过，如果年画是宗教的，那末应该先有祝福这种画材，而后渐渐进步，于是画得更像更美了；如果年画完全是艺术的，那末应该在原始时就用彩色施装饰的了，而画中象征福利的材料并不是向来就用，只是画家手腕的经济，能够一事两用，后来渐渐的增加进去的。不过这种讨论乃是旧法，艺术的手可以抚摩宗教及一切事物，而且向来是十分的抚摩一切的。同理，宗教也能吸收无论什么事物，而艺术也被吸收在内。所以我认为年画虽有宗教的意味，还是可以用艺术的眼光来批评的。这不必疑惑，说用艺术的眼光来批评年画等于说年画是一件艺术品。

“怎么说呀！”

请不要跳起来。我说用艺术的眼光来批评年画等于说年画是一件艺术品。不过我们所拿着批评的一幅年画是否合于艺术的条件，能否称为美品是要待批评的。所谓一件艺术品者是与不值得用艺术的条件来批评的物品相对的。

我所见的年画以“连年有余”为最普通。请看前面插图。

书上大多数画一盘钱币与金银元宝，一个白胖的小孩捧着。这一幅里，他手执莲花，骑在鱼上。因为同音的关系，莲与鱼代表了“连”字与“余”字。绍兴用一只蝙蝠一个长或圆的寿字图案与两个铜钱半迭的花纹合起来，代表“福寿双全”的，又用一支笔一个亭子与一个如意（灵芝的图案）合起来，代表“必定如意”的。想必各地不同，各有自出心裁的象征。

至于在北京，种类并不很多，与“连年有余”相差不多的有“芙蓉有余”等，还有直捷说“银钱有余”与“买卖发财”的。又有“官上加官”，中一个小孩正在戴帽，以“加冠”来表示加官。一个小孩地下爬着，上面骑了一个人，表示“上”与“加”，现在只用帽字骑字了，想必小孩们不能懂了；将来废去汉字，万一这画幅还在，看见这个老骨董，于是要猜什么猫什么旂[1]，费尽那时的国学专家的心思也如现在考据往事的考据不出了罢。

有一幅是比较的写实的，画上十个大字：

[1] 编者注：同“旗”

新年多吉庆　合家乐安然

一大间堂屋中，上面四盏外绿内白的磁罩洋灯放下光明，统治了全景。两个大花窗下各有一坑[1]。左边坑上是一群小孩在掷骰子，右边坑上是一桌菜，男女老幼五人在聚食。五人以外，旁边一个还不会多吃饭的小孩，爬着玩。两边坑上很整齐的又叠着绸被，红绿相间的。上面是枕头。室中方桌边三个女子忙着做饺子，北京人除夕且做且吃听说几乎要吃一夜的饺子。怎么知道他们忙碌呢？他们的神情是忙着的不必说了，他们不肯停手，饺子装满筐子了，不是自己搬开去，却让一个小孩顶在头上送过去，看这一点很可知道他们的忙了。也因为忙的缘故。他们各让自己的小孩自由，不加干涉。女孩子天生成的不惹祸，永远是文雅的在母亲袖边，看桌上的忙乱。一个男孩见那个小孩用头顶饺子筐，他妒忌了，伸起手赶过来说“让我顶”！你想，给他一撞，桌角上的一盏洋灯与一支烛台上的火光都抖抖的窜起来了。成筐成筐的饺子由一个女子在整

[1] 编者注：疑为“炕”，下同

理。一只猫坐在桌上管饺子，十分的丰富与盛平景象。人家说，“那个猫儿不偷腥”，然而这个猫兄听话又聪明。你说他吃得太饱睡着了，我要为他担保，你不看见他旋转着耳朵在留心吗？每张坑的旁边有一灶，饺子已送到左边灶上在煮了，一个妇人持勺子在搅动。右边的，已满锅的馒头，也要开蒸了。灶君在神龛中闭了眼睛看着这些事。左角四只大筐，写着“金银满囤”，每个筐中满是钱币珠玉与金银元宝，火光腾腾的照在扶杖的白胡子老年人与中年男子的旁边一个怀抱中的小孩，不知是什么事，推开娘身，硬要近去玩一回，其实，此生迟早总要玩一回的。我似乎听到铃声，一看是挂着小红球的一只叭儿狗向门口走去，两个工人一个提壶，一个双手捧火锅进门来。门口红底黑字的联语是：

忠厚传家远　诗书继世长

门上是“玉堂富贵”图。一只猪一脚摆进来了，我不知道他来什么的，大概是亥年刻板的，那末是辛亥，革命的一年刻的。还是更早，已亥年？

看画中男子着袍挂外，戴的是红缨花翎，而且钱币上画有整个的光字与通字宝字的各一点，推测是光绪时代刻的板，看画知木板已颇有损坏，证明其不是近年物品。

除轮廓是木板印刷的以外，有红与绿两色的细线是印的，其余所有颜色都是手染的。染工自然很粗，常见染出范围的。然而颜色极其鲜艳，可不是吗，这一点就是使人爱买的大原因呢。面貌上用白粉很多，因此能胜过强烈的衣服颜色而透现出来。不论男女，面颊上都涂一块红，个个好像是剧中的旦。要说这是讨厌的吗？我倒不觉得，似乎反使面庞显出了应有的起伏。木刻所印的眉目口鼻被白粉遮盖了，所以须加画一道。我买的一张上有一个小孩的眉目是忘记重画的。面貌没有正面的，有大半面的，加红时也只一面，没有双颊都染的。器物的形体，人身的姿态都很可以了，只是因为他要加重阅者注意力之故，竭力放大头面。在这种画上，不画裸体，衣饰又不能画得精密，身材决不是重要部分了，头面是可放大，然而他所画男子的头竟有占全身五分之一长的，小孩占四分之一，而女子身体画得长显出苗条秀色的，他竟几乎占四分之一，因此觉得个个人物都是太笨的了。同一画中三处见鱼，鱼是“余”的象征，以爱画，其实因为鱼是整个的，比无论什么别的都容易表示，可是画三处总觉太多了。

有一张是画有许多神祇[1]的，上面写着一首“诗”如下：

新正二月敬财神
一家五代顶荣身
拈香高举朝天祝
群云四布吉星临
招财童子来献宝
利市仙官降德门
上方刘海金钱洒
虔心应发万年春

此外有“新春大喜”“庆赏元宵”等几种。其中有一幅写“新春大喜万象更新”的，画的上边有一个日历，写着大中华民国十五年。注明十二月的大小与二十三节气的日期（按这里写的都是旧历，立春在十四年十二月底，所以少一个节气）。两旁有字：

[1] 编者注：应为“祇”

喜神西南贵种正西财神西南太岁东北

八龙治水五牛耕田九日得辛十壬四丙

可是他于“大中华民国十五年”下接着“灶君之神位”。我想不一定就用这张画放在灶神龛中的，不过画的是灶神,所以这样写了。画中一人捧了“春”字献呈神座，后边一个牧人牵一牛，当是春牛，这是司岁收的。一只象上立两个小孩，一个是“春信梅花报”，一个是“秋香桂子登”。有这些日历，能使人全年宝贵他。穷苦人家，没有多钱多工夫，买画只能在新年一次，一张烂纸的画至少要用一年的了，倘有不专是年画性质而长期适用者更好，于是有“三阳开泰”“鸡鸣富贵”“士农工商财发万金”等等。更进一步能带些日常生活的意味而穿插景物的，如“春风得意”“瑞雪丰年”“庄家人乐丰年”等还是带祝福性质的。有少数如“渔家乐”，如“呼女窗前看刺凤课儿灯下学涂鸦”并不是年画了，不过这不是特创而是古典的。

还有一种可称为笑画的，绘滑稽故事如一个卖帽者经过树林，帽子被一大群猴子抢去戴了。又如一个卖西瓜的在柳荫下睡着了，小孩们有的爬到树上撒尿到卖瓜者的头上，有的捧了西瓜跑走了。

还有“斸寒虫”一幅，带着风俗画性质，但也混入滑稽趣味，一个小孩因为他人不让他看蛐蛐，拏了蛐蛐罐子撒尿了。但这一类很少见。

只有一幅是特别的，专画夫妻间的笑话八方，一方画“带气归家要换鞋妻子跪下去脱靴”，一方画“男子为人最不高与[1]妻修足洗裹脚”。

画中有年份的为丙午丁未，甚且早到癸卯，是光绪二十九年的。板大有宽三元尺三尺，高二尺的。小的是宽二尺，高一尺余。想来在初刻板时是印在竹纸上的，现在都印在有光纸上了。可是这种纸也够简单了。

据说这种画也是杨柳青来的。杨柳青是画的绣的“春画”的出产地，大多数姑娘都是做这种工作为业的，将来总当去一看。画上出版多署“戴廉增敬记”，或者这是在天津的发行者。有一种是印在瑞典纸上面的，写“天津瑞昌彩印局”，这是木板套印而非手染的。

[1] 编者注：疑为“兴”

我自然又要说我的惭愧了，西洋画输入中国以来，大家非威纳斯不谈，非法兰西艺术不谈了，究竟于爱看画儿的人们有过什么益处呢？曼陀的“时装美女”算是攻进民众的心了的，因为他的魄力，我也就不愿再说他的艺术之坏了。民众们有他们自己的心肠，倒是粗陋画中嘴角的微笑能够笑出他们心中的快活；倒是粗陋画中眼角的泪珠能够哭出他们心中的悲哀。幸亏光绪年间有人给他们画了，至今还能守着乐一乐，我不能用较好的去替代，何忍硬起脸儿到他们手中去夺下呢？

想老爷们给他们福利靠不住，想老总们给他们安宁又靠不住，老天吗，老天也是靠不住的。惟有画中明白是“新年多吉庆，全家乐安然”的，于是画饼充了饥了。可怜呵，然而更是可傲的，画饼充了饥了。

你欲骂我灾祸铅铜吗？但我决不叹只是灾祸铅铜。人家过年忙，我也来凑些热闹。我最爱对墙壁说话，而且觉得热闹，因为我在说话之先已经扮了一个听我说话的人了。于是画饼充了饥了。

二月九日

大家都放起风筝来呵

一样的懊闷，一样的乱世昏昏，走到露天下，我觉得有点两样。

太阳用了黄酒的颜色晒在我的手上，饱喝了酒似的，我热炎炎的醉起来了。挺出胸膛，我仰头想笑，天上一阵铃声，抑扬回旋，兰花香那样的柔和，胰子水泡那样的光润，天上乐园中诸神合奏的使我知其好而不知其所以好之故。一阵鸽子洁白的映在青天前，光辉闪闪的飞过。

在这天空中，我的心灵轻松的飘荡，我注意，我又记忆，在这天空中是应该有什么东西可寻的。

不错，画家见到的，画柳枝时应该多抹些颜色了，因为嫩芽渐渐的饱满，远望过去，枝条显得很浓厚了。不错，什么人都觉得的，风已脱去冰雪做的棱角了。红红的太阳，暖暖的空气，闹营营的声音与轻飘飘的心，不错，这种一切都赶我到回忆放风筝的路上去了。

人类相互亲密起来的时候是如此可以感激而且如此无以感激的先得我心的，当你看了天气而记忆风筝的时候，街巷口，市场中，早已满布着，预备你的应用了，随你要什么大小的，随你要什么形像的，随你要什么又什么颜色的，而且大多数不是你想像所及的，都可以得到。您瞧瞧，多么好！老鹰的，彩蝶的，白胡子老人的，飘着轻服驾着云雾，如此窈窕，如此仁慈，更如此缥缈的天仙的，您瞧瞧，多么好！

我记得，我很爱“丝鹞”，这是用丝放的风筝。每年游禹王庙回来的船中，船浮在四面是水的地方，淡青的稽山异样柔和的浮在绿水上，水与山的分界处是一带金黄的菜花。在这背景中，父亲拏出“丝鹞”，放宽细丝，真听话，这轻飘飘的小鹞摆着，跳着，点着头，扑着翼子，吐吐的飞远去了。父亲让我尝尝放鹞的滋味，我拏着说：“曼曼重的。”

后来我自己也放风筝，这总是老鹰在天上打圈，用了尖利的声音，——ㄚㄚ的叫的时候，园中绿草地上，撒满黄色小花的蒲公英与红色小花的紫云英的时候，又随处生着正是绍兴风味的荠菜与马拦头，踏过的时候，阵阵放出香味，与吃时一样。我就在这草地上放风筝。可是，擎了线想放他高去而急跑着的时候，屡次绊倒的；人是跌倒了，风筝却不立刻跌下来，他软软的嬉笑我，勾着头看我爬起来。我累了，风筝丢在家里，出去走走，河埠头常有人在洗蚶子，听到这ㄙㄚㄙㄚ的声音。小鹅如松花黄的棉团，ㄒ一ㄡㄒ一ㄡ的叫着，公鹅浮在水里，雪白的身子映出橘色的胖头，说错了，这是他的清亮的高唱引起我们的注意。一点也不谎，春是由他嘴里喊出来的春声送来的。他的脚掌拨动起来，波浪如油，浓厚的浪出花纹。这时节，仰头看见满天的各种风筝，有如蝴蝶国中有了最大的跳舞会。

想到蝴蝶，我就拣定买这只彩蝶罢。卖风筝的拔下帽边插着的竹丝，给这风筝配上三条线，我就拏来可以放了。

大家都放起风筝来呵，让他们如人的会集，更比人亲密。

二月十日

中国之夜

法国朋友最爱探听中国所用的日历，他们问：“中国的日历与法国的相同吗？”

“现在是相同的了。”我说。

“以前另有一种的吗？为什么要改呢？”

“那一种是不好的。”

“怎样的不好呢？”

“那种历，过三年是一闰年，便有十三个月的了。”我有些说不出了，“我不曾研究过，究竟大坏处在哪里。但大多数固用同一种历，只有中国用别一种是不方便的。这是革命后所以要改历的大原因。”

“我总觉得以欧洲人的习惯来划一他人的是不公道的。”他又愤激起来了。

“不过中国的改历是自己愿意的，又当作别

论。”我用不经心的样子缓和他。

* * * *

他们随便似的问我中国旧历的除夕在那一天，到了那时，专诚请我去游嬉。

黄漆地板的室内，大电灯照耀着，四壁裱糊着的美丽的花纸前，有意大利古画的翻印，有法兰西古代的木刻版，有近代人画的油画风景等等的画框。大镜前，火炉上，陈设古式的磁瓶与摹拟而缩小的希腊雕刻。桌上是法国最新图案的毯子，一个玻璃瓶中插着鲜花，有蝴蝶花似的，有玫瑰花一类的，种种都不是在中国所曾见的。我们就在这桌边围坐下来。取出中国绣花中国画册以及中国风景册给我看。在我，对于这种设备是很满意而很快慰的了。然而他们只恐我不以为然，他们冲上绿茶，对我说："孙，我今天不给你的茶中放糖放酒，因为在中国是不放的。”他们还以为未足，又燃点起我送给他们的盘香来。他们想，这样的过除夕，一定能使我设想是在家乡了。

“你那一天真做得好灯！真妩媚呵！”

“呵，真的。孙，今天你该讲‘中国之夜’给我们听了。你老是不讲的。”小姑娘说。

“有什么可讲呢？我真的讲不出。”

“我是如此爱听唱‘中国之夜’的，你该讲给我听如此使我梦想的中国之夜。”

“真的没有可听的呵。就是有，也是历史上的话了；现在的中国人吸了雅片[1]吸懒了，缠了小脚缠懒了，拖了辫子拖懒了，还有什么可讲的呢！”因为恐怕要使他们失望过甚，所以我加重笑容。

“孙也学得顽皮了！近来的法国人哪里还有相信中国人是吸雅片等事的呢。”

“你们决不疑心我是在暗讥你们的；不过真的，到了人家相信中国是好的了，中国人真的是坏了。”

“何必这样发牢骚呢？你尽讲‘中国之夜’罢！”小姑娘说完，热烈的等待我开讲。

“你们这样要听，我只能编谎话的了！”

“我们正要听你的谎话。”

“好罢！”我投他们所好的说，“今天叫做除[2]夜，是家庭的节日，有如欧洲的圣诞节。这节

[1] 编者注：同“鸦片”

[2] 编者注：疑为“除夕”

日是要暗的，是要静默的，团聚一家人守候这无月的终夜暗暗的过去，这时节围了火炉或围焚烧的柴堆，面面相控的体味一家团聚的滋味。倘有家人在远处，聚餐时就有他的实坐位，酒钟与筷子等等一概放着，设想他是聚会着。”

“那末现在你的母亲正留着你的坐位了。”老太太说。他看看大众的面色，似乎推测众人因为他打断我的话而不高兴，所以连忙来结束前言：“不必说了，将来你回中国去时，我，你的在法国的母亲，也于今晚给你留一个空位罢。”

“虽然大家不睡的守着，总是不知不觉的来了新年了。”我轻轻的跳过，说到新年了，“新年十三是上灯夜，再过两日就是第一个圆月节。在用旧历的时候，只看月亮的形状与他出没的时刻，可以大约推测这是一月的第几天。上灯夜的月亮是将圆了，大家就开始迎灯了。你们一定相信，中国的小姑娘与别地方的一样，远比男孩聪明，远比男孩沈静，又天生的远比男孩会做美，老早，他们就预备，糊起新奇的彩灯来了。到了这时节，各家拿出来，联合起来去游行。

“在北京，一条街上有许多的灯店。远没有到灯节，店门口满是彩灯了。有虾，鱼，蟹蚱蜢，螳螂，狮子，以及各种几何形体上画各种美丽的图画。门口不断的有人立着看，看灯的形状，看灯上的图画，大家说不出为什么要看的尽管立着看。我将来照了相寄给你们罢。”

“我知道中国人为什么如此细心如此忍耐又如此爱美的缘故了。”我的教师说，“我们只知道中国是艺术国，但不知道怎样艺术的。你应该写出这种情形来给法国人看看。”

“我再讲西湖的夜罢。西湖是在我家乡附近，这节日是在夏季的。像 Aix 湖或 Annecy 湖的大，游客们划了小船在水上放莲花灯。纸做成的许多桃红花瓣，连缀在一片小木上，中间插着小烛，从小船边伸手出去，轻轻的放在水上，烛光透过荷瓣，映出光亮，水底下也有一朵莲花了。无论如何的细步，当船缓缓避开时，他总左右摆动起来，使水中的一朵忽离忽合。堤上的杨柳，就是隋炀帝所开的运河堤上满种的，垂下软枝，几乎拂拭水面；莲花灯就在这枝下穿过。”

“孙，C’est Charment！”

“这时节，水面远处的音乐随风吹来了，这就是你们在中法大学音乐会爱听的音乐。你若遇见水上的灯中小烛将要点完了，你就给他换上，因为你所放的灯中的小烛是由他人在换了。”

“这节过去，很快的，就是第二年的除夕了。”

“呵，可以羡慕的中国之夜呵！”

“可是这都是谎话呵，不要认真相信呢。”

“我总觉得中国自己多着好东西。”我的教师说，“孙，你不要以为无用，不加注意。你该珍惜这种材料。世界上已有了这种发明，不要让他逃跑了。你回去时应该尽量的画下来。学问的范围不限于前人所说过的，到处有好学问呢。”

“中国事物之好者我也是很爱好的；不过大家常有一种好脾气，不满足于自己所有的而羡慕他人的。我更爱法国的事物呢。有如年长者总追念幼时，而无论哪一个小孩没有不爱做成人的，他们听到除夕在门背后窜三窜就会长高的话，都喜欢去一试的。惯见中国社会的我总觉得法国社会之可爱。”

“不错呀，法国人的我爱你所讲的中国节日，但也不肯不爱法国节日的。”

“不过因为洗俗藉这种节日做种种迷信事，要跳出这个庸众，要为庸众们破除迷信，我们只得攻击至少也要对这种节日如不见不闻。”

“孙，这是教育的问题，你不觉得吗？你知道，既然民众这样相信这种节日，正该利用了引导他们到你所要他们去的地方。你学艺术的人，应该利用这种材料，法国多少节日原始都是宗教的，现在几乎毫无宗教意味了。这是在人去洗刷的。Rodin 雕刻夏娃，他表示这位一切人类的母亲见人类自相残杀而悔恨，他的题目是人类的自杀。难道他还是在表示宗教上的故事吗？ Corot 的画圣林，难道还是在画希腊故事吗？他的题目是人类应该向这清醒与这和平进行。”

“我也相信，旧历的除夕与新历的十二月三十一日都不过是三百六十五日中的一日，没有什么分别的；不过，现在的中国还在需要一个启蒙运动的时代，大多数人没有并重各种事物的能力。你说除夕应该纪念，他就以为新历是不当改用的了。你说中国也有好的事物，他就要把欧洲输来的科学都丢到茅厕去了。”

“孙，这是教育的问题，我重复的说。我也要如 Pierre Loti 的惋惜，这许多中国的好东西，都要倒坏在荒地中了。”

“真可惜呵！”小姑娘说，“你有这样好的东西，孙，我将来还要你讲哩。”

二月十一日

春　雪

我之所以久留北京者，想看北京的雪是一大原因。在南方，天气太热，或者一年竟没有雪的，有时，下着积不起来，而且常常下不多厚，被雨水冲去了。因此我愿在多雪而雪不易消融的北京等候他。可是，等候着，等候着，我爱的雪还是没有来。上海的来信说已在下雪了，北京还没有；甚且里昂人见雪的消息，也已送到了，北京还是没有雪。我虽不能精密的解析，我相信，我在北京的怠惰，就是这种失望造成的。

前几天，日光骤然的骄红了，春风跟着鼓舞，好在风筝来得热闹，我决计抛弃对于雪的想望，全副精神的等待春色了。

春的第一声是梅花报来的，他在铁劲的骨格上化出轻飘的花瓣，活的珊瑚似的放射他的生命。日

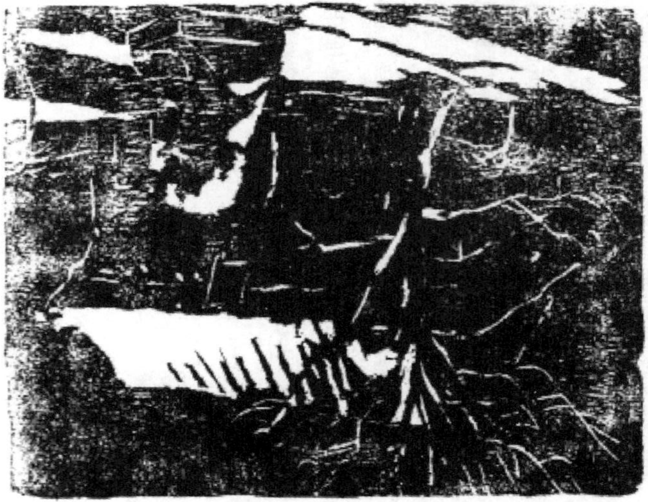

光柔抚他，春风滋养他，一朵又一朵，一枝又一枝的培植得春光十分的热闹。如此鼓舞，又如此勉力，一秒之间也显得极大的滋长，你看，等花影投到花房壁上，花的本身又有几朵新开了。真是不及料的，当我欣赏春色的时候，我爱而又久待的雪到来了。

我到中华门面前，大的石狮上披着白雪，老年人怕雪而披雪兜，他却因爱雪而披上雪做的兜。他张了嘴不绝的笑，谁说只有小孩是爱雪的？乌鸦们尽在树上乱喊。我知道，他们是没有吃的了，然而他们看了这公平的分与大众的洁白，他们诚心的快乐，与他人一样。

人们就从此颂祝雪后快来春日，再与乌鸦一同去欢迎。

二月十七日

青年淘中的几句话

诸位，我们中国青年的前途是何等的艰难呵！五千年积聚下来的重担压在我们眉头，我们饥渴困疲而喘息，然而不能在负着的担中找到一些可用的食料或饮料。有的，零乱的，龌龊的，我们不会整理而吃了，就使我们疾病或毒死。

我相信五千年古国之可骄傲。然而，试将收藏极富有的博物馆捣乱而打毁之，决不能称为富有，而处处可以遇见是冲突的了。

中国历史的久远，只是捣乱而打毁的博物馆罢了。我们年轻人毫无凭藉，在“木乃伊”的身旁发见罗马雕刻的残片，在佛经的破页中发见耶稣的画像。于是我们可以相信这“木乃伊”是罗马时代的，又可以相信佛教是受耶稣影响的。有长久的历史而没有系统，只使人欲走无路。倘若能如博物馆中的按年别类，谁还至于拿了陈旧不适时的君主或古文等等来扰人呢。五千年来的祖先们没有给我们适用的遗产，而这一大堆的碎屑真劳我们防备的精神，因为一不小心吃了他，就要毒死或从此萎靡不振了。否则我们为什么不想夸我们是古国民呢？

倒不如别的新兴国，有种种的社会组织，无微不至的培植青年们的发荣滋长。我们呢，什么都没有。我们得不到大学中学甚至小学的如量的教育，我们看不到启导或灌输我们的智识的杂志报纸，我们毫无准则，比在黑夜中更无光明，比在荒野中更无路径，而我们反不断的听到训斥与威吓，就是用瓦屑堆中找来的事物做准则的。我们比在雷电风雨下更骇得无处可走了。

诸位很明白，我们决不肯因此躺倒，而且正要自造光明，自寻路径，因为除了为我们自己以外，我们还要培植后来者的发荣滋长。我们要做成所求于前人者，切勿使后人如我们恨前人的恨我们。

乱头发似的摊着的中国事情，我们在接手了！我们不满意于用独轮车上两只木筒运水，我们不满意于用独轮车上两只藤筐运粪，我们不该就此接手，而且原样的交付后人不要忘记，一切事务，我们都要接手的。我们要善于做水车夫与粪车夫的儿子或徒弟。

过了五千多年之久，在北京首善之区，运水与运粪还用着这等笨拙的方法，我们应该怨恨或窃笑我们的前辈；然而，他们是老病了，他们就要交给我们了，我们将有主权应用别的便利的方法了。但诸位要注意，倘若放弃这个主权，我们只落得加在应该被怨恨或被窃笑的前辈中罢了。

是的，我们不怨恨他们不窃笑他们，反屡屡受他们的训斥与威吓。诸位，这何必计较呢。我们试静默的观察他们，他们昏昏的喝酒，他们迷迷的抽烟，他们的话中安得不满带酒气与烟气。他们曾沈溺于色欲，所以瘦削；他们曾多吃油肉，所以气喘。他们用了这种病态来训斥我们，自然会消极的说："色字从刀，最足害人。"或者积极的说："肉最养人，且能御寒。"他们的心理上的病态更多了。有的畏怯，因为受过惊吓；有的易怒，因为受过欺侮；傲慢的因为是太顺利；鬼鬼祟祟的因为惯做了奴隶。他们以种种不合理的条件来训斥我们，自然是不该依从的；但我们也不必恼怒，因为他们的行为原是受病的牵使，是可以原谅而且可以怜悯的。他们大多数欺今不如昔，要我们服膺古人。这还算不易受欺的。最坏的是竭力鼓励革命而不许我们不服从他们的。这样，他们算是革命的了，而我们却只准一声不响的跟随他们。诸位，我们应该镇静，冷眼的观察他们各人，但切勿轻意附和谁。诸位知道，中国的老年人所以骄傲之故，因为中国的学术没有系统，他们骄傲自己探求的辛苦，他们骄傲少年人的不知道，所以觉得是奇货了。在西洋，就法国而论，他们的老年人们平铺直叙的讲给旁人听，没有矜夸之意，而且处处还出来历。我相信，倘若中国有收藏极丰富而编制极有统系的图书馆，又有类别极周详的各项学术的参考书目录，我们要查考关于某项的智识，不必问老年人，只须求之书目，老年人所到我们面前来矜夸的，我们只须求之书目，就可知道出处了。到了那时，老年人必定不是矜夸的了。现在我们还没有在那个时代，我们应该镇静，不要因为他们的训斥与矜夸而恼怒，我们要静心骗出他们辛苦得来的智识，有的是很丰富的。他们有这种丰富的智识是应该受我们尊敬的；因为要骗他们的智识，我们尤其要虔诚的尊敬他们，有如欲求福利而虔诚拜佛的人。我希望赶快骗出老年人的智识，趁我们未老，编起各项书目而且设立大图书馆，免得我们老时也要对后人矜夸。屡屡说的“骗出”，似乎有些刺耳罢！其实我并没有侮蔑老年人，倘若他听了，也应该明白，不能将有系统的学术交给我们而我们自用苦心去骗，也算得是好孩子了。倘若我们也是要矜夸后人的，那末我的所谓骗出连我们轮到做老年人的时代也说在内的，我没有偏责现在的老年人。

说到新旧交替的话，我要来讲本刊征求今日截止的新中国柱石了。“现在是只有粪土，至多也不过砖头瓦片而已”，我也相信。不过，诸君知道，有了柱石以后，就能永远支持下去，不必另造新材料吗？新中国的柱石当然要在我们新青年中琢磨出来；能够扶持我们灌溉我们的就是现在的柱石了。此外能消极的抵御外侮，使将来的柱石能安然的琢磨者，也是现在的柱石。这两种人就可称为柱石原是很可笑的，但要在粪土或砖瓦堆里骤然竖起柱石，除非是外来的，是不可能的。我们要用了粪土与砖头瓦屑造成一支比一支大而且坚实的柱石。

老年人们常常欺中国没有希望，不要信从他们。他们摔了交，所以恨世了；我们应该问他们跌交的地方，我们填平这个洞，于是可以安乐的走路了。他们受人欺侮，所以恨人，每遇一人，必恶意的猜测。猜中了，自然更恨人；猜不中，又狠狠的恨自己。他们看不到和平世界，所以刻刻留意自卫，精神怳[1]忽的过了一生，尝不出滋味来，只恨须发的不能转黑，从头做起。我们是不然的，我们在接手之初，能够除去前辈所不满意的根本，而且照我们所愿的从新规画。老年人之希望造成乐土是与我们一样的，不过我们是没有创伤的。

在另一观点上确实不能这样快乐。我做小孩时，知道官员都是满奴，无法挽救的，等到他们死完就好了。革命以后，只恨旧官僚还占半数，于是专等他们之死了。我想，等他们死完一定是好的了，外国法政学校陆军学校毕业的人决不致坏的了。现在，

[1] 编者注：同“恍”

他们之死早在我们的祈求中，而且多已实现；更迟更迟的，现任的青年竟在使用老妈子去拖出女学生，也值得我们的祈死了。

文中写了许多次的青年与老年，究竟青年与老年怎样划分的呢？到了这里我实在说不出了。老年而有少年气象的固然不多，但确实有许多幼年而充满暮气的。

其余我不管，我自信是一个青年，我热望与诸同辈充分的预备，合力接收紊乱的中国现状，而且不使后人见到同样的情况。

倘若有人以为我是老的了，则我自悲之不遑，还何待讨论我的意见的好坏呢。

二月二十七日

林风眠先生

今天特别的和煦了，晴空中鸽群的铃声盘旋着，报导春神重临了。

我得在这和乐的气象中认识新到北京的林风眠先生。

昨天，在厂甸的旧书摊旁遇见王代之先生，他说："我正想去看你。林风眠先生昨晚到北京了，他要我先来一说，明天他要去看你同令兄。"

我的眼前立刻浮出我们住的三间破屋。泥炉子，绿钵头，劈柴堆，酱油瓶这群体中将要插下一位新来的大艺术家。这样虽然未必会使他气恼，也未必会使我羞涩，但他不免要说到艺术，看了这个景象总有点不好，所以我连忙说："我去看他。"王君还屡说他们来看我，真使我着急。

玛瑙的鹦鹉，在古物架上，特别的耀目，还有一段老树雕刻的老人，颜面半掩，神奇莫测的立着，主人王先生引我们兄弟同进此室。

室内三人都起立了。中间笔挺的一位黑发披下来，一直到肩头，微笑的面貌上，留着眉间几条薄薄的皱痕，没有外套的西服上，琥珀色的围巾，长条的披下来，颚部收缩向颈，好像在凝视胸膛时的样子，因此我得很清楚的瞻仰他的广额。王先生介绍说：这就是林风眠先生。

在中国人中，这样的广额，我是第一次见；看了他的额，使我联想大音乐家 Beethoven。然而我决不在林先生前挂空招牌；这广额包涵林先生自己的独有的脑力，岂有什么人可以代表的。

——大家盼望林先生回国已经很久了！我说。

旁边是萧子升先生，介绍我们于一位极年轻的法国女子，听到说的是法国话，我的心何等的清快，而且飘飘飞到大陆的西端了。这位尊严秀逸的女子是林夫人。

——我本来就要到孙先生那里去的。林先生说。

北京的舆论要以艺术家来办艺术学校，我想，我们应该协力，谋这事的成功。我还希望提高学生的程度。这里我还没有看过，不晓得；在上海，我看了一看，学生的程度比法国的差得多哩。现在我还没有去过学校，一切问题还不知道。第一个问题当是经费问题。

我暗暗的想，他不问世事的艺术家竟已晓得了在中国与别处不同，是有所谓经费也者的。倘若在法国，联席会议通过请某人为校长了，就派人到他住宅接洽；如果这位未来校长问到学校的经费，我设想，这一定是一个大笑话了。他不必问每月有几成可领，甚且不必问多少常年经费。教授讲师教员们的薪水各自拏了居民证到衙门去取的，你要为学校添买书籍仪器，每年费用若干，照例规定着，你只要将发票送去，不劳你担忧付不出的，学生应纳的费与学校无涉，各人自会缴到衙门去，没有什么讲义风潮之类的。有什么经费之可成问题呢。林先生拉下他艺术家的身分，抛下他久住外国的习惯，也肯顾到经费问题。然而，林先生，我用什么方法能够告诉你，在中国办学的大问题多哩，经费问题倒不在其内的。我想说，然而说出来好像不恭敬了，你是该做教授的，别宥先生早已说中了：中国人总是这样的，因为梅兰芳杨小楼唱戏好，于是舞台老板非要他们做不可。林先生，愈是大艺术家愈不应该做校长呢。“艺术家办艺术学校”，你听，舆论原以为非艺术家是可以做艺术学校校长的。我所以说大艺术家不该做校长者，因为在中国做校长所必具的技能必非大艺术家所有的。什么技能呢？做校长应该有老板的技能，有刽子手，小热昏[1]以及买空卖空的洋行买办的技能。倒是艺术的技能是随便的。然而这是题外的话了，暂且不讲。你是西席，东家们的喜怒是不大一定的，这倒要留意些的。你的秀劲的手画得出三五丈大的画幅，描画充塞天地的思想，然而你的手能用什么有力的画刷扫除你周围的浊物呢？

一人进来说，画箱已运来了，请林先生出去检点。——画箱运来很不容易呵！王先生说，箱子这样长，军人以为是什么军火了，一定要检验。税局也觉得奇怪，一定要上税。

画箱已经开了，我们一同去看。大画布在地上

[1] 编者注：本意是一个人因发高烧热昏了头而胡言乱语，以该词汇命名的曲艺则是“满嘴荒唐话”的说唱艺术，流行于江浙沪一带的传统吴语曲艺谐谑形式，又名“小锣书”

展开来，一幅“摸索”我在Strasbourg国美术展览会里第一次看到的。看过一幅，林先生踏在画上，再放上一幅。他有主权踏自己的画，但我们旁人总是凛凛的害怕。

看画后又回到王君书房中，我问林夫人。

——我想，夫人到中国后不能有好印象吧？

——为什么呢？他回答。静得好，令人觉着这是在乡间呢。

——街道上很是紊乱呢。不过中国别处很有好景色的。

——在巴黎烦扰得不能工作。

——我刚才看了林君的画，又想念法国了。我想就去呢。个人的能力真小，我变到这样了，你们不能看出我曾受法国教育的呢。

说到这话林君王君又讲到这问题上去了：

——孙先生一定暂且不要走，请你在帮忙。

——我是很直捷的可以说的，我的到法国去是必需的；我的不久回浙江一次也是必需的；在未出京以内的几天，我必如我所能的帮助，无论什么时候尽管来叫我。只有自己最能知道自己，我在法所学不过四年，学油画的时间只有一年余，我是不会画油画的。我相信试过几日以后，你们必肯放我走的了。

我问林君在回来船上画有蔡先生的速写否，他说只有他所画蔡先生的画像。展开画布，一具希腊古琴前，现出蔡先生温雅的面色。欣幸这画像先蔡先生而到，聊慰我们的长想。旁边另一面貌，癯而刚，林君说，这是代表蔡先生的精神的。背景中有Apollo与两个Muses是表示蔡先生的希腊精神的。

林夫人还雕有蔡先生面像与侧影浅雕，立即去开箱取出，惜已压坏了。

窗子里射进统红的阳光，不久渐渐的淡下去，知是晚边了。

我们起立告辞了。倘若能够，永远在林先生旁边，濡染点艺术滋味，润润我燥烈的心；然而怎么能够呢。

已经到大门口了，伏园二哥说：

——林先生能够早日开一个展览会，大家必是很想望的。

——我也这样想。林先生说。

林先生，你究竟还像的是新从法国回来的。在中国是不宜这样说的。礼强制你，不允许你说自己的价值的。你去留心，他们处在你的地位时，必定说："展览会，这是不敢当的，只是老兄的盛意不好推却。"艺术家自然不怕什么礼的不允许。不过你将尝到种种不同的别的滋味。自然，我何等仰慕你的纯朴。我呢，一年工夫，已磨炼得不是我自己了。

街道上渐渐的昏黑起来的时候，圆月东升了，因为昨夜的迷濛，今天补偿以特别的皎洁。我祝祷，北京的月呀，永远照临这对新来的艺术家夫妇！

孙福熙

二月二十八日

我恐怕有人会用俗眼来看，说是林先生雇我来捧场的。我呢，我却尽管担忧林先生将气我的瞎说。其实，我的捧场哪里能增艺术家林先生的声价。我的瞎说，哪里能动艺术家林先生之气呢。只有，这一层是大家可以相信的，我捧林先生增些我自己的身价。

熙

论兼容并收

欢迎蔡孑民先生回国

蔡先生回国的消息传来，全国人无不喜形于色；然而听听场面上的沉寂，似乎人人都无力用言辞表出欢迎的意思，甚且，以这样有声望的大学校长，以这样对于全国青年思想有影响的，各家报纸上竟能在三十余日来没有一则关于他的消息。惟有晨报记者，于蔡先生初到上海时几句谈话的记载后，断章取义的按上怂句，然而从此也不再响了。难道这位大思想家在回国的三十余日来真的毫无可记的言动吗？

我本想尽量的听听各方面欢迎之意的，但久待不来，于是我不能嫌自己的浅陋，要来破破这个沉闷了。

自从蔡先生出国后，这两年半中，中国有什么新气象可使他安慰的呢？我知道，这样一想，没有一个中国人敢毫无惭色的走在蔡先生面前报告成绩的。

是的，提倡科学的叫声会经是很高的，引动了一大群人，用尽了最难听的语调，为拥护所谓欧洲文明的科举，竭力打倒“玄学鬼”。是的，整理国故的叫声会经是很高的，你一部他一部的背出灰尘满面的旧书，加上几个耳朵与几个所谓亡国之音的叹号。我敢说，除这惟二的可称为蔡先生离国后的气象者以外，便只有官做校长，校长做官，学校封门，女学生们被老妈子队拖出一类的事了。

科学是重要的，然而决不是只把别种东西掷到茅厕去就可显扬他的重要，更不是只高喊把别种东西掷到茅厕去就可显扬的。国粹论者正得其反，听到说中国东西之好，就相信无论什么中国东西都好，因此竭力想出话来说外国东西之坏，即使承认有几件是好的，也毫无证据的说是中国传过去的。而这两者都要借蔡先生的光，说蔡先生是如何的与他的主张符合。

不错的，蔡先生是重视科学的。我又转过头来对国粹论者说，不错的，蔡先生是重视国故的。然而，蔡先生之重视科学不想把别种东西掷到茅厕去，他的重视国故，不想说此外没有好的东西了。我要举出他在“北京大学月刊发刊词”中的话（见《蔡孑民先生言行录》二二九页）：

大学者，囊括大典，网罗众家之学府也。礼记中庸曰，万物并育而不相害，道并行而不相悖，足以形容之。如人身然，官体之有左右也，呼吸之有出入也，骨肉之有刚柔也，若相反而实相成。

各国大学，哲学之惟心论与惟物论，文学美术之理想派与写实派，计学之干涉论与放任论，伦理学之动机论与功利论，宇宙论之乐天观与厌世观，常樊然并峙于其中：此思想自由之通则，而大学之所以为大也。吾国承数千年学术专制之积习，常好以见闻所及，持一孔之论，闻吾校有近世文学一科，兼治宋元以后之小说曲本，则以为排斥旧文学，而不知周秦两汉文学，六朝文学，唐宋文学，其讲座固在也；……论者知其一而不知其二，则深以为怪。

今有月刊以宣布各方面之意见，则校外读者，当亦能知吾校兼容并收之主义，而不至以一道同风之旧见相绳矣。

要人人如蔡先生的能够兼容并收，原是难事；

一人只研究极小一部分的学术是可以原谅的；但他不该说他所研究的以外都是不重要甚且不该研究的。再宽一步，他因为被自己所研究的一部分遮蔽了眼，不见别的事物了，尽管说他的科学或国故是如何的重要，也是可以原谅的；但他决不可称为眼光远大的思想的领袖。这种研究一部分学术的人尽管各自去研究之无害于社会者，因有眼光远大的思想家总其成故。一只大船，有桨的，有牵缆的，有驶帆的，有掌饮食的，各做各的事，在云水苍茫中，不知如何达到目的地，或且不免于危险。然而有把舵者在，其他各人虽或不辨方向，也能同登彼岸。有如一大音乐队，独奏很好的提琴与独奏很好的大号不按拍节的并奏起来，决不能成美乐。我们试设想，三四十五六十人合奏的大音乐队，若无指挥司，将成何种音乐，虽然各人都是照常的在奏他的美丽的曲子。

蔡先生是中国大船的把舵者，是中国大音乐队的指挥司，他的大量容纳一切，而他的大力引导一切使不抵触而各得其用。

脑力弱的人收受了一事就拒绝他事，有如胃力弱的人吃了一物或吃惯了一物就拒绝他物。蔡先生是有最强健的脑力的；自命为科学家者不懂中国东西的什么好坏，只是狠狠的想毁灭；自命为国学家者不懂西洋学术之与中国学术相合或更胜者，也只是狠狠的想推出；这种量小的人哪里能与蔡先生比，而蔡先生却能采纳他们各人的一部分长处。

有这样大量的蔡先生自然要被全国人人敬仰了，然而岂不也因此而使谁也不满意他吗？人人以蔡先生之重视他而觉可感，却以同时也重视他的仇人而觉可恨。于是，天下没有绝对感激他而十分了解他的人了。

就我所知，蔡先生的这许多老朋友中没有一个真懂得他的；多如春草的真的以及假的他的学生们中，我也在内，有谁是懂得这位思想领袖者的真意的呢？

月余以来之不见只字提及者，可见社会之不懂蔡先生而且无力求懂蔡先生。

然而南北隔绝，什么可以慰我的渴慕之情呢！

三月九日

画家方君璧女士

每次接到曾仲鸣先生及夫人的消息，知道他们是安好的，使我十分快慰。这两位我所敬仰的老友同我在里昂时是如此奋勇于渺茫的将来的——我现在说渺茫，在当时，因为他们的鼓励，我也坚信这将来是可用我勇敢的手握住他的。然而，以己度人，我刻刻想念这两位热烈的青年是否因中国情形的溷乱而灰心了。

真的使我安慰，不但他们是安好的，而且他们屡屡的告我他们奋勇的成绩。

曾夫人方君璧女士于回国后担任广东大学及执信学校教授，他使数百青年得到极良成绩而外，还能自己用功，作成数十幅的巨画，这是使我惊喜而且仰慕他对于学术的壮志的。他联合两校及市立美卫[1]校女子师范校与研究美术的“亦社”等团体的爱美者组织一绘画展览会，以慰劳统一广东前敌革命军人。承他们记得我，寄我展览会出品的照片许多，我不敢一个人独享这个眼福，所以就做了版请大家看看。

说起方女士的画，我想起他的用功态度了。他爱画，他对于画笔如对于灵魂的亲近不离；他潜心于自然，如他的高尚的灵魂涵养在自然中。因此他的画上处处显露他观察所得的自然的真实。然而他的笔调是如此阔大的，他的无微不至的精妙只用简约的形色表出之，在这里，包藏着久远辛勤的工夫，包藏着大画家的奥秘，浅薄如我所知其然而不知其所以然的。

我还记得，会[2]夫人第一次陈列作品在巴黎“沙龙”之后，巴黎妇女画报就有很大的介绍，庆贺曾夫人以第一个女画家在巴黎最有名的绘画展览会陈列。其中有一段说：“女士的作品中尤使人注意的有《吹笛女子》及《拈花凝思》。后一幅用笔严整，

[1] 编者注：疑为“术”

[2] 编者注：疑为“曾”

着色鲜艳，真像他的老师 M. Humbert 的杰作。至于《吹笛女子》一幅，我们徘徊其侧，观玩许久，便觉女士一方面学欧洲画法，一方面仍保存他的民族的天才,和中国画中飘逸的神态,潇洒的笔意的。”

这吹笛女子是曾夫人最好的朋友，在里昂我常见他们一同进，一同出，一同在后院树荫下草地上谈笑的，以这样亲密的朋友，画起来安得不更袅袅有韵呢。

回想一年前，在归航中曾君夫妇与我屡谈回国后出版美术杂志的计划，他们两位真能不负初志，勿使如我们谈话时所在的大海的苍茫。现在，我与他们南北遥隔，不能助他们一臂之力，五千里的烟波忽远忽近只是增加我的想念而已。

三月十日

欢迎一位园艺学家来北京

——对于农事试验场的批评

一

窗户紧闭的室内，充满炉子所发的温暖，于是盆栽的梅花得毫无畏惧的盛开着。家人亲朋围坐室中，谈述中外古今的成败。在语音休止的静默中，听到门齿轧开瓜子的声音，听到口唇吸引茶水的声音。这是何等的亲切，又何等的清醒呵。然而这季节是过去了。

红红的阳光照在纸窗上，而且穿过玻璃，恼人的静想。小鸟们时来院中，忽在槐树上，忽在丁香间，他们的歌唱来敲窗子，欢迎你与他们同乐。于是我们的心浮浮的，不能关闭在室内，这心决不是炉火的温软与瓜子香茶所能牵引的了。

我们想去看碧天红日，我们想在满树花朵的树荫的绿草上休息，我们想吸纯洁芬芳的大气。

适逢其会，老友李驹君从上海来北京了，他必能以他对于庭园的丰富智识，来批评北京的庭园，使正在渴想游散的北京市民得到地上的乐园，这是我欲为北京人而且为我自己欢迎李君的。

我记得五年前初到法国的时候，李君每天教我法文。此后五年来每读到他所教我的字我必想念他，最使我惊喜的，他屡屡讲述给我听布置庭园的理论与方法，我以前真丝毫不会想到，关于庭园的布置有这许多大道理，而其方法又这样精密巧妙的。

李君毕业于法国 Versailles（凡尔赛）的国立园艺学校及国立殖民地农业学校后回国，已有三年了，而国人竟大家都像没有知道他的样子。这三年中，他在西湖家中静修了一年，此后两年则在上海法国工部局当园艺技师。听听！法国工部局。为中国培养人才而往法国求学的，回来任事却在法国工部局而不在中国。这位农学家，在他回国的三年中，除参观各地的农业设施以外，对于中国农业丝毫不能有所伸展。现在好了，他已辞去上海职务来北京考察，我们必能得他的多多指导。诸君知道，他所学农业的范围是很广的；然而我只有庭园的一部分还算能懂一点，所以我只能介绍他对于这方面的意见。其实庭园的智识不过他所有农业智识的极小一部分罢了。

我引导李君出西直门，参观农事试验场，这是北京最大的农场，最大的游园。当然的，这“花园”经过多少先辈的心思始得构成，又经过多少富有农学智识的中外人士的观赏与批评。现在，这花园的印像将映入深得法兰西农业教育的李君的眼中了。李君很从容的顾盼，一望而知其对于农场或庭园的亲切纯熟，他对我说——北京的公园，因为都是旧有的改成，不是依一定规划新建的，所以都不能适如其分。例如，中央公园的柏树是难得的，然而太密些，使人不能看到远景。北海则树太少，一望空空的。又各处的建筑物都是固有的，其中多不适合于庭园的布置，先农坛是最显著的。这是利用旧地的无可奈何之处。三贝子花园要算是较好的，建筑物不太多，树木疏密有致，可以望见远处的缥缈。

我们已走到磊石桥边，他转过头，往东一望，对我说——

这里可以看到远景，有如 Versailles 的样子。Versailles 你是知道的，使人一望而知其远大。在中国，例如先农坛，地面是很广大的，然而你不能用视觉识别他的广大，他的广大要等脚筋酸痛了的时候我们才觉得，因为他的广大是被许多建筑物与无处不见的围墙区划开，使我们的目光挡住了。Versailles 的布置有高有低，从高处俯视一切，觉得没有边际的远大，在低处又瞻仰高速之难攀，于是扩大了庭园的面积，更扩大了游逛的兴趣。

诸位要知道，Versailles 公园是李君母校之所在，他每天在实习，园中的技师是他学校的教师与前班毕业的同学，到现在，他的同班同学们也有在那里任事的，一草一木都是李君亲切的老友，安得不知之十分周详呢。我们过桥经豳风堂，回廊曲折，牡丹坛抱在中间。李君说——

这花坛太大，周围路径太窄，所以从比例上反觉这里面积之小了。凡做花坛应该中部较高，四周渐低，或中间之花高于四周的，不使中心的花为近处的所蔽。花坛太大了则中搁的花不能使观赏者精密的体味，这是花坛面积不宜太大的缘故。花坛周围用砖砌也不相宜，你看这灰白冷硬的砖头能与红花绿叶与轻柔的花香，与蜂声，与蝶舞调和的吗？应该四围种短小的黄杨，这不但不杀风景，而且能够增加坛中花卉的妍美。

这类石栏只能用于鱼池边的，因为观鱼是要倚凭的，若池周是矮树则又失其当了。

我看李君是爱这曲栏的；他缓步俯仰，有不忍舍的样子。将出廊，左足跨下阶石，他停足而且凝视了。他说——

在这必由之路，而且景象骤变的地方，大家必仰头眺望的，所以应该很注意的布置一个特别的景色，然而这里是什么都没有。这里当头就是一个土堆，长着一丛刺花，野蔷薇当开花时也还好看的，但他的季节何等短促呢，除他开花的几天以外，大家整年的要看这刺柴，何等的不经济呢。

我们且说且漾步过去，碧青的蟠松看见了，旁边还有日本式的建筑，于是他说——

本来这都是很好的景致，后面也看得远远的，但这些都被土堆遮住了！说着，他转过头去看土堆，于是继续说——

我知道布置者的苦心，这土堆上的几棵常青树是不忍斫伐的。要留树就不得不留土堆了。不过这也有方法的，在土堆周围加重分量，种起许多可爱的花木，一则使与堆上松树相称，二则使人觉得这里已是园中绝境。在游人十分满意的赏玩之余，忽然发见还有小路可以过去，或者想冒一下险，从这最胜处更进一步，忽然见到古松与亭阁，而且有更远的景物，将何等的快乐。这在园艺的结构上名为“惊奇”的。

大家必定根[1]感激艺术家的苦心孤诣的，但或者也有人以为可羞，艺术家竟如此的揣摩他人的心理，有如用了糖投好小孩的样子。我本不配说这个话，但为老友李君解释计，我想来说穿他。李君不愿我们只知农业技师所规划的庭园能使我们适意之神秘，他还要我们晓得这庭园所以使我们适意之故。无论什么人都是自家人，都在同一方面的，请不要以自己的心理被人知道了是被人侵袭。用糖投好于小孩，正因为自己也曾爱糖之故，艺术家的猜人心理是用自己的心去试验出来的。你若要觉得羞，你该让他先羞呢。

万一不肯仅仅享受他人所做艺术的趣味，就是说不肯被人所知而不能知人，则请你也去尽力于这个职务罢。人类就是这样相互为资料的共同分担职务的。

不觉我们已到畅观楼了。在这里，虽然稍嫌建筑物

[1] 编者注：疑为“很”

太多，但楼桥与喷水泉三者的布置与分量还相称的，我们立下照相。斜阳甚红，我们两人相对无语，而各人同一的企望中国将有一个完美的公园。李君先我而说——

中国的庭园在西方原成一派。他们都是对称的，而中国早就知道摹拟天然，用曲径，用假山，用溪桥。英国最先学了去，法国人称这种格式为英中式的。现在却只称英国式了。法国 Versailles 园的图样是 Le Notre（1613—1700）设计的，他先自己布置了一个，请当时法王去看，路易十五羡慕得很，于是请他规划，这就是 Versailles 园。中国要有好的公园总应该从新开辟，所谓从新开辟，不是绝对的从白地建造起的，旧有的溪水树林也该利用的。这样，在初建造时就有大树绿荫了。

所恨的，中国庭园不知配景的布置，例如浓色的树反种在远处，不能使人有可望不可即之感。又如开花期相同的树种在一处则一时开尽，终年不能看花，不如各期相间，看了一种还待他种之较有希望，虽然有时也宜同期的种在一处，使绝尽繁华。大体上，中国的庭园中不知顾到这等规律，最大的弊病是零碎没有系统，例如偶然想到茅亭的好看，就不管是溪桥边，是竹丛中，是斜坡下，随心的放下一个。走不数步，又不管游客之需要休息与否，还是放下一个形状不同或竟相同的亭子。

这时节我们已走到一座石桥前了，路牌上告诉我们石桥往南是南阕。我想起个倒楣的故事了。我初来时看这桥的伟大结实，当然是预备每天数千人或数万人经行的，当然对面有游戏重要之地了。桥面弧线如此圆曲，战战的爬了过去，一看，丈余的空地面前就是大围墙。幸亏见有小红门，于是走近去，然而写着“游人止步”。于是我只得爬过不愿意爬的石桥回来。正知李君所说，大概这位建筑师忽然想到建造一座石桥，于是就对着高墙造起来了。

因为这只是初春，各种点缀尚无可观，而农场上更没有东西了，不能有多大的批评。不过，据李君所说，农事试验场大体的布置在北京是较好的，他觉得很满意，我希望他乘此春来时节，将北京的几个公园与道旁的花木，与各机关门前院中的布置都加以批评。虽然我相信此后的社会还是要像你回国以来的三年一样，连你的名字也像不知道的。

三月二十日

法国与中国

法国与中国！这两个庄严而美丽的名字，在我脑中转过几千万遍的，我是有无穷的话要说的吧？确实，我满腔的留着两者的好印象，并且怀着极高的热望。然而我不想说话。我专爱听人说，所以不说，我知道自己不配说所以怕说。

新近，法文北京政闻周刊于第七期起至第十一期止，登载 M．Alfred Westharp 的一篇长文，题为《法国与中国》。我看了以后很是兴奋，于是，我以前只爱听人说话的，现在一变而想说些感激的话了，以前怕自己不配说话的，现在因听没人接应而放胆来破这个寂寞了。

M．Westharp 作这篇文章是因蔡孑民校长先生由法国回中国的消息而表示欢迎之意的。他开始说，在这地球上最大的旅行中，可以见到一切民族，人类历史的一切。何等有意义的这个旅行。又说，我们要问，旅行这样远，究竟法国有什么可以送给中国的呢？

是的，法国多的是美酒，多的是香料，……我们所希望法国供给于中国的是美酒香料等等吗？他又揭穿中国的病根，中国人连平常的生活都不知道的，第一不知道清洁卫生，在居室上，门是关不实的，关着窗，还是有风吹进来，有了墙壁，还是不能防范潮湿的侵入，厨房与厕所，不必说文明，简直使人相信还没有到石器时代哩。他又竭力申明中国青年感觉之薄弱，由于不能吸取自然资料以应付生活问题。感觉之迟钝由于身体的薄弱。这身体薄弱的原因最显著的是早婚。可惜杂志已寄给朋友了，不能详细的举出文中的精采。

M. Westharp 的结论，可以医治中国青年感觉薄弱者惟有法国的近代科学。近来法国的心理学有非德国英国所能及的。阅者诸君一定知道注意，在中国人耳中一听到所谓科学，立刻想到电灯电话轮船火车，至多也不过想到二加二等于四，轻二养化合成为水的事罢了。然而 M. Westharp 于说到法国近代科学时指出心理学，这不免使相信心理学等等都是玄学一流的中国人出惊。又他举出的中国所应致力的学科是：农业，商业，工业，科学，文学与艺术。在这里，我们可以看出农业商业工业的各一门不就是科学本身，而他所认为可以供给中国的法国近代科学并不只是狭义的科学，还有农业商业工业文学与艺术在内的。因为，广义的科学是“科学的态度”，无论那一种学科如农业商业以至于文学艺术都是科学的应用。科学本身是没有应用与否的。

我是向来不说而怕说的，现在不禁说开去了。实在，我看了 M. Westharp 的议论非常喜欢，有如几乎枯萎的小草之遇春日，然而我还希望有人译成中国文，使我将法文上有几处不了然的明白了才是痛快。等到现在，觉得这只是一个空想了，而且我也预料不能有人出而应接 M. Westharp 的，于是放开我的野胆，在这里将我的感觉写呈他。

* * * *

先生：

读你在《北京政闻》上的《法国与中国》一文，十分快慰，先生如此热烈的敬仰蔡先生，又如此热烈的为中国青年图谋，尤其在不说冠冕话而痛痛的给中国人以药针，我知道感激的不只是我，蔡先生为自己，为全中国青年必很深切的感谢的。但中国青年所敬爱的这位大学校长现在还没有来北京复任，他现在还在浙江，那边偏僻，而且近来交通阻滞，恐他还没有读到先生的文章。必定的，我推想他这回第四次旅行法国回来，对于“法国与中国”的问题很有许多要说的话与要实行的计划的。现在我只对于法国与中国的问题略略表现我个人的心情而已。

我只有二十七岁，是一个未曾受足大学教育的学生。先声明这一点，你就不会苛求于我了。

我在法国只住了四年，对于法国与中国的问题虽有许多感觉，然而这种感觉都是很凌乱很松散不易捉摸的。在法国时每得到一个印像，必有许多意见想说想做，然而浮云似的我不能捉住他，又乱丝似的我不能寻出一个头来理清他。我知道这缘故是因为我的智识太浅，眼光与手段不能应付这种问题之故。到现在，这种感情还是如浮云如乱麻的充塞全胸，丝毫不能整理，但热烈的爱好法国的感情，至今还如当日的满蓄着。我近日正要写一本《忆里昂》，想尽力的表现我的爱好的万一。不过我所能写的也只是热烈的情感而已，我总不能表出我想说或想做的意见。

不过，有一点是我所较能举出事实的，这是青年与老年的问题。

中国因为是在过渡时代，社会情状的转变太急骤，使大部分的老年人好像失去一切官感与一切技能，于是他们不能继续担任原有的职务而坍倒下来了。几乎凡四十岁以上的人就显出他们的老大了。青年们呢，自然一样的没有担任各种职务的技能，然而比老年人肯学习，也易于学习，于是不得不然的勉力速成了。先生，你知道，现在中国的小学中学教员甚至大学教授几乎没有四十岁以上的，你不知道，二十余岁当大学教授当报馆杂志编辑当司法行政种种重要职位的很多很多呢。不但任职的，就是正在中学大学用功的青年，也因为不久就要担负重任而用心，因为社会种种重大问题无人负责而用心，然而学力之浅薄，找不到应付每一问题的把握，于是，可怜的，只是试这个试那个，有如日出以前的鸡在瞎撞，结果是屡屡失败的。我承认中国是古文明国，说这句话，在一个法国人耳中觉得我能自励，或者有的要疑心我太矜傲，这也不算是刻薄，然而在这古国的青年，实在有说不出的苦心。五千年的历史是我们的重担，肩着的东西，都是我们所不知道用法的，因为我们的先辈正如你所说的只知对我们说“要这样做”或“不要这样做”罢了，于我们是不适合的，没有兴趣的。可是，我们要卸除又一件卸除不了。许多青年最激烈的攻击，想跳出旧势力的羁绊；然而无形的圈套多少的还存着，发辫是剪去了的，心上还有发辫，小脚是放大了的，心上还有小脚。只要有新智识的发展，自然旧势力也渐代谢了。然而新智识是不易得到。我举一个极浅近的例罢，一个小学生看不懂算题的时候，问母亲不知道，说该问父亲，父亲说该问兄姊，而兄姊还是说不知道。在这种情况下求智识，所谓求智识的情形是可以想见的了。回想在法国呢，正与中国相反，几乎不到四十岁不必开始做事业。支持的柱石多得很，学生们可在底下打网球洗海水浴，不愁天掉下来。我不说法国的学生们不用功，但在学校的正课以外不必如中国学生的思索社会间沈重的问题。

我不是说应该让中国青年休息或坐享幸福，我所要说的，我们因为要思虑种种重要问题而没有时间预备为将来任事的学力了。蔡先生能竭力注意这一点，他在法国出版的 Revre Bleue 上作《中国文艺复兴》一文，言之甚详。

先生住中国十三年了，一定很明确的知道中国情形的。然而我告诉先生，没有一个中国人是明确的知道中国情形的。因为中国的教育是如此的不均，什么都夹杂的存在，你看了这一点，大部的情形偏是出于他点的。就我观察所得如浮云如乱麻的感觉，以为首宜养成有学力的青年，可是，说到方法时又觉非先有胸襟宽大的引导青年的长者不可了。说得我自己笑起来了，先要学力充足的青年呢？还是先有栽培青年的长者呢？我们需要优良的鸡蛋养他为优良的母鸡呢？还是需要优良的母鸡使他产生优良的鸡蛋呢？

我的答案是十分钦服的赞同你要培养中国青年的感觉力的意见。因为锐敏的感觉是收得智识之门。我以我虔诚的心，或说得大一点，全中国青年的心，表示对于你的谢意。

倘若你以为中国青年还有希望，请你常常在北京政闻或别的杂志上作文指导我们，我刻刻留意着，而预先的道谢。先生，请收纳我的诚意。

孙福熙

* * * *

我虽这样不自量力的答复了，但我还设想别人早有答复，不久要发表出来，我等待着。实在，我希望有人将原文翻译出来，因为我的法文程度实在没有做这个工作的能力。

三月二十一日

四月鱼

四月一日又到了！倘若是在法国，我总可有几张画鱼的信片可以收到，而且有几条可可做的鱼可吃。

每到这一天，早晨到美术学校去，同学们的袋中多预备各色各样的纸鱼，有黏胶的，有系绳的，乘人不觉，偷偷的加到人家背上或领头。当被笑的人还不觉得而也大笑时，必定有正在大笑的人也被欺了。于是全堂更大笑了。

据说，这一天是准说谎的，所以到街上去遇见熟人时应该留意，他是要用种种话欺骗你的。有一个人遇见朋友，告诉他家中火起，于是他急忙跑回去，自然，回去之后气喘未定就记起了，这是四月一日，他是应该被欺的。

有一家，正在预备晚上请客，瓶中换上鲜花，厨中洗涤鲜菜，忽然听到电铃声了，知是门外有客，开出门去，墨墨的衣服，墨墨的面貌一个人立着，手中一张纸条，交给主人，接着说：“煤来了！”说着他的身体，肩着一麻袋比面庞更黑的煤，往门内闯进来了。可怜，他肩着很重的煤，哪里能够久待，巴不得进去卸掉了。主人急促的想，这样因为工人的辛苦而收受不要的东西，也觉太懦，于是鼓起勇气的分辩了。

他说：“我们没有叫煤，也许是人家弄错的。”肩煤工人喘着说：“不是发票上写着这里的门号吗？”主人在楼梯口俯头一看，墨黑的煤工肩了给他的煤，从六层起，螺旋的石级上，一直到平地，接连的立着。这一望使他不忍不承受了，况且票上确是写着给他的。于是让他们进来，倒煤在堆房中，付过钱，他们都去了。

主人纳闷了半天，大家猜想这是谁闹的乱子，门铃又响了。第四次邮夫到了，有一封挂号信，是他的一个朋友写的，信上说：“送上的煤是给你们结婚的礼物，用了这个煤，烧得你们的爱情更热烈。你们代付的煤价随信附奉。祝我们不久过一个很好的节日。晚上见。”

为什么四月一日可以撒谎的呢？据说这是纪念耶稣的，他于四月一日在困难中撒了谎逃出来的。其实，一年来说正经话，有一天撒谎，不算为多；藉此发泄说谎的本能，反使平日愈加真实了。我们利用节日做上许多艺术，才是本意，究竟这节日的来源如何，我们不是专研究的人，可以不劳追问的。

我现在虽没有收到画鱼的信片，又没有吃到可可做的鱼，但我因了往年受到这节日的艺术之故，深深的刻着印象。我的心中看见他们还是照往年的过着节，因此我是不觉寂寞的。

前年，V君家拣了这节日邀我去饮。当菜已吃完，摆好空盘要吃糖食了，V夫人取出小包，放在各人面前，只有V君没有。在他当然觉得我们的富有，而我们却羡慕他可以安心。我们是不知道小包中放的是什么的；要是不好的东西，倒不如他的没有了。我解去包外的金线，脱去绿纸，里面是银线系的桃红纸包；再解线时，有些急了。抬头看他人，也正在解脱。好了，我的包中是一个卵形的可可糖，分开两边，可以揭开，里面是许多糖做的小鱼。各人都已揭开，大家开始要吃了。V君看看这个，看看那个，忍不住的说："看来，都好吃的，只有我没有吗？"夫人说："呵忘记你的了！"连忙起立去拏。一个盘放在他的面前时，大家看见，一条鱼从盘中劲劲的跳了起来。大家笑了。夫人又去取了小水盆，放鱼盆中，大家看鱼鳍忽急忽缓的拨水，从他的尾巴里表出喜悦。而V君则由大家分送糖鱼给他吃，他所有的比别人更多了。

我设想，我今年之似乎没有糖鱼吃者，一定不久当吃得更多哩。

三月二十一日

北京应有的游春佳节

城市是无数模型，使人各各钻进一个去，改变了自己的真面目，去适合模子的方圆。

在当初，伸不开脚，说不出话，还觉范型之可恨，然而三月半年过来，五个手指摆在模型中已各有他们适合的地位，眼边所包围的也只有纤毫尽合的模壁，不劳张开眼睛去探亲，于是觉得处处适合而不想动弹了。这时节，他的全体已经僵硬，倘若放到别的情境中，他便觉得这里太高太大，那里太低太小，没有一处觉得适合的。他离范型就不能生活，其实因为模子早已夺去他的生活力，换了新境地，就暴露他的生活力的缺乏了。

或者有乡下人不以我为然，要出来呼寃[1]：“乡

[1] 编者注：同“冤”

下人的生活真是僵死的，乡下人真是在模子中做人！”我相信乡下人的生活大都是单调的，但千日一律的生活，不论在城市在乡村，都是僵死的，都是无趣的，都是使人断丧真性而阻止创造力的；然而，只要不是很偷惰的人，在乡村究竟比在城市有活气。

乡下人又说：“乡村生活有什么活气呢？我们到城市中才觉得新鲜快活。”是的，乡下人之觉得城市快活，正与城市中人之觉得乡村快活一样。城市中有戏院，有茶馆，可以消遣，街道上车马流转，瞬息万变，今天这里宴会，明天那里打官司，这点钟笑着贺喜，第二点钟就哭着吊丧，这秒钟满腔热血，第二秒钟就变了冰冷的一个死尸。在城市中确实富有这种变化万千的新闻，非乡村中所有。然而，我告诉你们，这种变化没有越出狭隘的人心的范围，因为这都是狭隘的人心所造成，为我们所能预测的。从乡下来的人确实见到城市中人事之变化新鲜，但我断定他若在这里住上三天一周，他也会觉得所变换的范围之窄而可以厌倦了。人的能力是这样薄弱的，同样的做一件事，做过两三次，就没有精神了。

你第一次从前门走到天安门的时候，你会留意城门的式样，道路的是泥是石，两边树木是槐是柳，或天安门之华表石狮的大小美丑。然而，在第二次第三次，你本来该容易注意了，但你反不注意了。我们走过五次十次以上的人，走这条路时还仔细留意吗？我们虽然没有闭上眼睛，好像是闭了眼睛走的了。这还有什么兴趣，又还有什么新智识可得呢？

人的能力是这样薄弱的，做过两三次就厌倦，但还常有做过两三次就黏着不能不做的，例如吃饭以前喝一碗茶，喝过几次非喝不可了，袍子外面束一条带，束过几次非束不可了。厌倦与非做不可的两种现象虽很相反，而其失去个人固有的生活力是一样的。前者固因厌倦而对于所做的事没有精神；后者则只有非做不可的感觉，也是毫无精神的。你看，他喝茶，他束带，他还是像当初的体味茶与带对于他的感觉吗？

我不想讲大道理来解释，我只是想给各在模子中的北京人有一点活气。

长远长远了！自从落叶秋风初起以来，北京人封闭在室内，惟恐有风从冷布里吹进来，所以将窗纸都卷下，更恐从窗缝里钻进来，所以将窗隙都封上。门上则挂起厚重的棉帘。万不得已要出门去，洋车上盖起一个蓝布棉篷，遮得气丝不通。穷不能坐蓝篷车的人，头上戴起皮帽，遮得脸上只留一线走路眼。在这样的封闭中，有什么烦劳我们的心，有什么供我们的心做参考的呢？我敢说，我们除却像蛰虫的睡着，至多也不过翻上翻下的重想干燥狭隘的心中的几件事而已。可怜我们这样蛰伏的已是长远了！

现在，我屡次报告读者的柳芽已经变为柳叶了，空气中染着香味，在刚过去的曼长的冬季中所没有入鼻的。水波闪闪的荡漾，映出浮现春云的青天。总之，一切景象都变了，而闭了眼睛的我们北京人还是蛰伏着，有的以为这就是世间无上的快活，真有的虽然觉得烦闷而无处找快活。

在这清明节，我要奉劝北京人，你们该往乡间去。除非你被束缚太久了，经不起新事物的侵袭，而起畏惧之感，你若有些体力的，总会感得自然给你的滋补，而使你倦怠下去的精神苏醒过来。

你关了门用力想出来的颜色，在你以为想得很得意的，到了自然家里，你很容易的可以见到，而且还有很多很多你所想像不到的。喜鹊们在新柳枝头相对狂笑。黄莺们隔了满树桃花唱和，看了他们的喜悦，你就回复了你的童心；看了他们的亲爱，使你觉悟人类也该如他们的亲爱；因为你对于他们的爱好，愈觉对于同类的人的不该漠视了。别的好处非我所能胜举，这是在各人的智能与机巧，各有所得的。就是这一点是自然怀里的富有。

你且试去，到了西山的道上，你会知道我的话是不欺骗你的。在那里，你坐车上骑驴上或走着，都会感到新鲜景象的力量，使你振作，使你热烈，使你如春日的蓬勃发扬。即使你是拉洋车的，你也要感到与平日所拉的不同。这一种趣味你不要放弃，你该去一尝的。

城市是不能废的，我也承认，然而这不能作为攻击我爱好乡村的理由。你看，大城市中之培植公园，沿街密布草木，都是使城市兼有乡村长处的。然而还是不能满足，当此春日，这种城市的居民还要到乡间去，到草地里采紫罗兰，到溪水边捡光滑的卵石。这种东西在乡间是很富有，不妨人人尽量的采取的。

我希望各人生活的时时变换，尤其是关在城中而且久被寒风威迫的北京人。

我爱这清明节。过去的诗文，过去的风俗，使这节日很有意义的，姑且勿论。我爱这节日正值春色怒放之时。倘若你说日历改用了，不能再有旧时的清明节日，那末，不论何日，我们应该定出一个游春的佳节。

四月四日

春装的中央公园

中央公园已换上春装了！

清晨，我与学昭姑娘同去，进门，顺右手向着太阳光来处走，牡丹坛中满是红芽，小小的裂处已可辨别将来的繁华枝叶了。说的是将来，实在也就是眼前的事了！

走着，房屋缺处，围着矮柏的路边，满树粉红花蕾散掷在这葱翠的柏树后背，这是棠棣。故宫的端门就在这东边，古旧的红墙上点缀了霉苔的年月，与春花的颜色一样的丰富，一样的坚忍奋勇。阳光为了鼓励花草的缘故，似乎反给人以倦怠，使小姑娘禁不住的说："要是这里有满地的绿草，我宁愿躺在这花下了。"

相距不远有一株海棠树，细小的绿叶间满簇绛红的花苞，而后面就是许多梨花，其中有两株正在放花，放出幽静的甜蜜。

花房前面，不必睁开眼睛，只要远远的听到蜜蜂嗡嗡的浪动，就知道有花盛开着。自然，这种推测是不会错的，一株全开的李花活泼的窜动，他的形体没有窜，而谁都觉得他的精神是尽力的向上，火焰比之，便远是笨重了，蜂们在树周飞转着，表示不胜其崇拜称羡。

柳丝新染了嫩绿，飘飘的跳舞，这一来显露了墙外端庄的午门楼顶。

御河之滨，阳光照在紫禁城墙上。然而，在这一岸有高大的柏树,从太阳光下来者到此十分清醒了。奋发的人已早早的起身，到这里来受生气，有的缓缓的踱着，有的脱去衣帽，挂在树干叉枝上，向着河边练筋骨。他左足在前,腿屈时,身体前倾,右手向前摸。体向后时，右足屈了，手便收回。举动之柔和，知道他的心思之相应。这清旷的大气实在是可以流连的。

未到春明馆所在的红亭，一大丛黄花在朝阳中闪铄。这热烈的光彩告诉人们，晨光是不等人的，不得不赶快浏览了。走到回廊中，一则为了阴凉，有软风的抚弄，一则是为了幽廊的曲折，清净的，深沈的，给人静默的思想向外望去，小竹丛前，满堆红花的棠棣，各成球形。柳枝掩映，露出桃花密处，这万紫千红尽够扩大爱春人们的胸襟了，讵知往东过去，还有许多盆栽的海棠，高大的树上，一级一级的满开绯红花朵，还有开着秀逸的素花，问花匠说是叫得金丝什么的，这自然，不仅是小姐们，就是粗卤的我也知道满心的羡慕的。花房中满列盆花。向来我见春色要羞愧自己的丑陋的，现在我觉得他们是剧院的观众，我不敢不勉力于我的演奏了。

回向西边，从竹林边过桥向山坡上去，小松柏碧绿的排列两侧。这路旁，枝条拂拭裙衫的是红花的棠棣与黄花的迎春。山上小径迤逦，繁花沿了小道也做出曲折。不，花是长得这样委宛的，人们依了花的指示，自然的踏出这样曲折的小道走到这里才知道，中央公园的春是荟聚在这小邱上，至少，北京的春是这里先到的。赏玩久之渐由岩极而下，“迎晖”二字涌现柳树亭中。不仅桃红柳绿，不仅衣衫轻松，只听到晨曦中小孩的一声“妈”，这声浪的清亮已可听出十分春色了。

走过水榭，正因将到出口而流连时，忽然想起来了，还有金鱼可看哩。还是下雪的时候，游逛全园以后，从西边出来，见到一排一排的水缸，好奇的走近去看，半满的水缸中除浮着的一些腐藻与沈着的一些泥污以外没有东西。后来将盖着的芦帘微掀一看，一尾金鱼缓缓的在拨动他的尾鳍。这才知道这里有金鱼，可惜天气尚寒，不能看到全体，不能看到春游之乐的他们。北京的各路交通断绝，使我如闪在陈年阴沟中。今天看到这许多种活泼的金鱼，在他们描出春之活力中，我怡然了。更不料在一间小屋中还看到许多鹦鹉与八哥，他们，虽然还关在室内，心已飞向天空的春了。这样长的禁闭之后，看到这窗外的春色，又听到空中飞鸟们的呼唤，怎能忍受着一声不应呢。昭姑娘说："他们喃喃自语，不求人解，也不想解人意思。"他们正呀呀的回答了。他又赞赏："他们真美呵，比什么人都美。"

如果阅者觉得感动或者觉得自己的枯燥而寂寞，那末，请就去一游，春色依然的留着，我丝毫没有携走呢。

四月七日

味　儿

——烹饪研究引

本月二十九日下午六时，洁樽候光。

席设宣外北半截胡同广和居。

到了时候，我就去了。但这大概总是二哥请客；我与他人的应酬是很少的。广和居门口，几个伙计挺立着，恭敬的问哪一位请。我报出“孙先生定”后，一人引我进去了。

走过小院中绿色的小屏风，走过照耀在电灯光下盛开的菊花，掀起门帘，我走进室内。

四周是字画，几上是盆花，在坑上坐定，我们就吃瓜子喝茶。

室中的大圆桌面上铺起白布，盅筷匙碟沿桌边围摆着，从这些东西精致的工程上传出主人的盛意，传出时势的欣荣，传出人类的能干与相互间好意的体贴。在这景象中，更诱人的是摆着正方形的四色鲜美的果子。

这样的安慰，自然是从这丰富中产出的，然而，我们试看，离广和居不远，胡同北口，骡马市大街边，车夫们着地坐着，一块蕉黄的窝窝头捧着在吃，面上也显出这一天中最大的安慰，他偶然化一二个铜子，买一碗馄饨汤，便觉得意外的快活了。

既然食物是如此的能够左右人的感情，我们就有藉此用点艺术的余地了。我在这里并不想提到一九二五年女大事件时在太平湖饭店的宴会，也不想提到内务部街的同和馆是前清末年几多大案的关键；不过，饮食确实很能影响于人的情感的。

无论那一种艺术，都以感情为主体，我们表现我们的感情,或者要引起他人的感情,这才成为艺术。我们可以采取无论什么材料来表现我们的艺术。

声音很易引起我们的感情，我们利用他，就是音乐；颜色很易引起我们的感情，我们利用他，就是绘画。音乐与绘画是听觉与视觉的艺术，而我们所有味觉的艺术是烹饪。

我们的性习很易受四围情状的影响，近山者性常刚固，近水者性常流动；不但是地势上的，即使是极微细的事，也常影响于人的性质。饮食是一日数次接触的，而且人是用了极浓厚的感情与他接触的，我们记起“有如饥渴”的话就明白了。更有进者，饮食之于性情，尚有生理上的关系，因为尊菜之故，使杭州人成为机巧，我们还未可深信，但惯吃猪肉的人，大概如猪的了，这是很显明的。酒肉和尚之吃酒肉何尝是在告人的，然而人家一望便知道的了。曼殊和尚燕子龛书札“与郑桐荪柳亚子书”中说：“牛乳不可多饮，西人性类牛，即此故。”所以，烹饪之关系于各方面者也很多，我们当与音乐绘画等一样的研究。我想一定有人听到烹饪与音乐绘书并提，不免觉得有点刺耳。我也相信，烹饪不能像音乐的对众演奏，不能像绘画的对众展览；然而世人对于音乐绘画雕刻文学等一切艺术，已把原本用在烹饪上的“尝味”与“寻味”等等字眼用遍了。

我且不管“烹饪是否艺术”的问题。我先说我对于烹饪的所见。

别国我不知道，法国是以烹饪世界第一自夸的，他们常说英国菜的单简。他们有专尝研究，几家日报于星期日发行增刊，讲到烹饪是津津有味的。然而我有几位朋友，任他们到巴黎中国饭馆宴会以后，没有一个不说中国菜的繁复的。这是他们觉得新奇或者是不好意思对我说中国菜不好之故。然而中国菜的繁复确是事实。

中国菜所采取的材料很多。自然，以中国的土地之大，而物产之丰，原不能与他国比。但有的东西在中国视为珍贵，而在他国是不吃的。法国人吃一种田螺似的蜗牛，许多外国人都觉得不以为然。英国人不吃蛙，所以叫法国人为“吃蛙民族”。然而法国人在文字上见到中国人吃鱼翅燕窝，也不能忍耐他们的惊骇，他们常问我：“中国人吃鱼鳍骨，吃燕子窠，真的吗？怎么这种东西可吃呢？”他们经我讲解以后，也觉无甚可怪了，所以常听他们这样回答我：“这种只是一个惯常，英国人笑我们吃蛙，其实吃虾吃鱼何尝不可笑呢！”

在中国，有的不吃鳝鱼，有的不吃鳗鱼鳖鱼，有的听到吃壁虎称为山虾，吃猫与蛇称为龙虎汤，很觉得奇怪，认为这是未开化的情形。然而自己所吃的鱼虾原与鳗鳖是一类的东西，猪羊兔子原与猫犬是一类的东西，只因惯吃与不惯吃的缘故而已。

我们承认有许多东西是不该常吃的，例如鳗鳖之类曾有人吃了中毒，普通总说是他们的种类有毒与不毒，尾巴直竖的鳗是好的，平放的是有毒的，三爪的鳖是有毒的，四爪的可吃，其实这种东西所居地方龌龊，食物也难免含有毒质，所以年久的往往容易中毒。有的因为心理上的关系，牛将被杀时的流泪，小羊吃奶时是跪着（虽然在羊未必是在表示孝敬），有“见其生不忍见其死”的缘故而不吃，也是可以的，但吃与不吃不是文明与野蛮之分，也不是上等与下流之分。

在法国，大战以前，不但猪牛的肝肺肠是不吃的，就是腰胃也算作下等东西。但在中国，只要烹调的方法好，炒腰花与肚块干贝也是上等的东西。若论如此有名的西四牌楼的和顺居（俗称沙锅居）白肉铺，则所有食品都是猪身上的，虽然因为不搀植物质，使我们吃不多，但有许多美味都是猪的肠胃构成的。

至于植物质，也是中国采用较广。西南馆的竹荪与羊肚菌等，为法国所没有的，不必论；荠菜是法国所有的，弃而不吃，豌豆苗是易得的，他们也不吃。

总之，中国采取的材料多，是使中国食品变化的第一原因。

用这许多东西，每种如数学上的排列法，与他种配调，得许多变化的菜蔬，我们常听到说某人能用鱼做一百种不同的菜，用肉做三百种，这虽然不是种种都好，但有许多是得到一种新味儿，远非单体的材料做成者所能及的。还有许多用三四种十余种物品配合起来的，例如百果羹。法国菜多是单体的，配合者也只有两种材料的，在变化的观点上是不及中国菜的。

配合是很可研究的：面包虾仁中的面包是炸得很脆的，反能与柔软的虾仁调和；果子羹中香蕉，苹果，梨子等等软体的物品中，我们却爱寻那夹在里面的荸荠，咀嚼时爽爽的在牙齿间响着，觉得是痛快。然而豌豆鸡丁中因鸡丁之细软，必用最嫩的豌豆，若代以笋丁，颗粒无论如何的细小，也是不配合的。

现在要讨论块片的大小了。同一东西，因为块片的大小是否适口，就发生味儿的适口与否的问题，这是很明白的。但还有同一东西，因所配合东西的块片，而他的块片必须如何者。大体上，凡配合物品的块片的大小必须相等，如冬笋之于炒什件必用片，而在炒肉丝必用丝，在辣子鸡必用丁。但在红烧海参决不能用整个或半株的笋，以与整个的海参等其大小，因为海参是柔软的，长段的笋则太刚了。在火腿菜花中，火腿不能用如菜花一样大的块，因为火腿比菜花为咸，像菜花的大时，不能整块的吞入了。如果想把菜花切得像火腿应有的大小，则又做不到，一则菜花的花苞丛与联缀这花丛的茎是不同味儿的，两者分吃，远没有搀和着的好，二则，切得小时，花苞就零碎了，不能用筷子，就是用匙，也不能与菜茎及火腿的块调和。

又凡切肉丝切笋丝均必斜断，如果是纵断的，牙齿不易切割他的纤维。或者还因为油酱可从横断的纤维中渗透进去，所以觉得横断者格外美味。但切笋绝对为横断时，也是不好的，因为太易分裂，不能用牙齿嚼出纤维中的鲜味了。

以上是讲几种材料配合的，但许多东西都是单体的，却能烹调得极美，而同一物品，能做到口味极不相同。炒什件之不同于烩什件，是显明的；当我们取软炸肫肝的肫，在椒盐碟中一蘸以后，放入口中，只觉软软与肝差不多的，但川双脆中的肫就脆得像生荸荠一样，在口中爽爽的发响。而广和居的糟振鸭肝，是出神的柔和细腻的（通写糟蒸鸭肝，但有人说当作“振”，是兴奋之意）。

再说鱼罢。我的教师咨甫先生是西湖醋鱼的知味者，他来北京时吃到广和居的酱炙鱼（或当作姜汁鱼），他赞叹极了，他说：“这里不是水边，决不想到是有好鱼可吃的。”因为他知道，西湖醋鱼之可贵在于用鱼笼养在水中，烹饪时是全活的，所以，同是湖滨，西园西悦来就不及楼外楼杏花村等。若论到虎坊桥厚德福的糖醋瓦块鱼，我是专诚要伙计领我到厨房去看烹调的，实在毫无难处，然而口味是如此使人爱好，要使人不相信这是鱼。还有，你点一个两做鱼，你就可以指定两种做法，红烧的，椒盐的，酱炙的，脆皮的，随你的喜欢。不久就送来两个鱼，每个是半条。这两半条是平分的，不但脑袋是平分，连尾巴也是平分的，但一条脊骨是不能分的，只有半条有。用无论什么方法烹调，凡没有骨的半条必定要短缩的；这两条不相等，颇不好看。

有一次，我在北海漪澜堂餐室所吃，没有脊骨的那半条是做松鼠鱼的。先在鱼身上割出小格子纹，等到油炸的时候，就紧紧的缩了起来，全身团成球形，而所切的小格就如针的刺了起来。本来我们讨厌他的缩小的，现在觉得他愈缩小愈好了。

至于闽菜馆的半折和全折瓜，是黄鱼做的，虽说鱼种不同，不能相提并论，但做法也是不同的。

这种同一物品而能各有特别的美味者，全在油酱分量的得当与火力的合时。我会到西四牌楼同和居去看做菜，大司傅的面前摆满白磁小钵，竟有三四十之多！里面是香菇，木耳，葱屑，纤粉，香菜，豌豆，辣酱，甜面酱，等等，我当初记不住而现在更忘记了。他要用这几十种材料，这一种该用，那一种不该用，又这一种该用得多些，那一种则很少，在很小的分量里再分出多少来，我相信，他在这种材料面前，正与画家在色盘面前与钢琴家在键盘面前是一样的。他们都是要用丰富的经验及勇敢的决断来下手配调的。在这配调中有一个附带的大问题，就是颜色与香气的调和。

烹饪是味觉的艺术，然而在视觉与嗅觉上是很有关联的，这只有文艺之注重音节可以来比拟。芙蓉鸡片真白得可爱，据说用嫩鸡研泥和生鸡子儿的白烧的，但二哥与我常疑心这只是鸡子儿白，没有鸡的。可惜在看烹饪时我没有注意这一点。豌豆鸡丁，绿与白的两色真鲜明呵！至于香气，我们也是很明显的觉得的。

火力的问题更难了，我看厚德福做瓦块鱼，煤炉火融融窜出带青的红光，厨司拏尺余圆径的铁勺子放火上，以油注入。我问他这是什么油，他说就是平常的香油（芝蔗油）。油烧热了，他叫我留神，走些开，他将洗净放在碗中的鱼一块一块的从勺边滑下去。油就叫起来了。这油之多，能够沈没鱼块。我问这是什么鱼，他说是活鲤鱼。鲤鱼在别种做法时是没有什么好的。炸了约三分钟，他取勺轻轻倒出热油，鱼仍留在勺中，另以一碗纤粉倒入，稍稍的搗动，就拏起盛在盆中了。这稀薄的纤粉当然是绿豆粉和在水中溶透的，而糖与醋就放在里边。看煮成的鱼，有透明的膏质包围着，似乎不仅是豆粉，也许还有卵白放入，但他说是没有的。这用火的时间是很有关系而且很难学到的。在学习的人，虽然一切都晓得了，为了加火的时间，必定学不像他做的东西的口味。多少东西是下锅的时间须有一定的，有的应该先放，有的应该在将熟的时候才放，有的则应煮就盛在碗中，等他物煮到将好时和入。我吃过骡马市大街宾宴春的很好的面包虾仁，在我没有看过烹调的时候，无论如何是想不出如何做法的。

取面包切成小立方，在油中大炸，直至焦脆而干燥了，盛起。一边倒虾仁在油中一炒，放入鸡汁纤粉，就以这正在沸腾的虾仁汤倒往碗中炸面包上，面包嗤嗤的笑时，立刻有人拏到客人前去了。这样，面包已得热汤的滋润，而他的松脆还没有消失，倘若你将面包倒入锅中，哪里还能保持这松脆呢。法国有用焦面包粉放在菜上的，但不像面包虾仁的须注意时间。春华楼的锅贴（或作塌）鸡，不生也不韧，也须火功得当才做得到。

西餐到最后时的点心有甜的，但菜是没有用甜的，中国菜中有甜点心间入，使中国菜生色不少。什刹海会贤堂的果子羹使我不忘。在西湖与惠迪惠畴曾连吃杏仁豆腐三大碗，还有不足之感。最好的，在暑天，这种甜菜都是可以叫煮后放入冰桶中待冷再吃的。扁豆泥很细腻，拔丝山药夹在筷中时还有一条丝连在盘中，加上这点游嬉，更觉有意思了。这几种东西是要热吃的。

清华园厨房特做的高丽馒头，闽菜馆忠信堂太和春等的葛粉包，尤其是在六部口小有天吃的千层油糕，都是引人超脱这娑婆世界而入甜美的乐园的。在法国时很觉没有点心可吃，去买的时候，隔了玻璃望进去，因为美丽而清洁，觉得件件是美味，然而材料太少，件件是麦粉与糖做的，或者搀些牛奶，或者搀些可可，此外就只有花生仁了。这正与中法烹饪有同样的比例。同和居的银丝卷是又美丽又美味的，太和春等的蒲包饭，香而趣，会贤堂以荷叶煮粥，色嫩绿而香。还有人用竹叶心或嫩苗熬粥的，多少的细致娴雅呢。

西菜中多放牛奶，如牛奶菜花，这是不及中菜的火腿菜花的，若论奶汤萝卜，何等的温雅朴素。

牡蛎在法国是名产，只是加柠檬汁生吃的，不必论，吃其余贝类也不及中国；闽菜中的红糟香螺何等的用功夫，使他如此的香美。

至于煤市街馅饼周与东安市场东来顺的涮羊肉，与和顺居的白肉是另备一格的。

不过，中国会食，不管是初相识的，或有疾病的，均合吃同一盆菜，这实在不好。虽然我回来之后不久就惯了，我还知道这样合吃的坏处。至于咸淡酸辣也是应该照各人自己的喜欢，辣油胡椒面的爱好量是各人不同的。在烹调时须从淡，而任各人自己加放。还有三两人合用酱油碟的，实在大不应该。吃完瓦块鱼，拏去焙面；不久拏出爽脆的炸面，拌在瓦块鱼的糖醋汁中，这是很美味的。只是，这糖醋汁是大家吃过的，有时，糖醋汁较拏去时为多，而且多出鱼块来了，这明白是别的客人也去焙面而不留意对换了。这样非但吃同桌人的残泽，简直吃不知什么人们的唾余了。我想这尽可取面来各人自己放在吃剩的盆中，不必去重烧这鱼汁的。

此外，我总觉得中国菜太油，而种种烹调多不顾消化力，这是应该研究的。后听汤尔和先生说，这也未必，尤其如肉丝面水饺子等点心，是成分配搭很匀，最易消化的。但如虾生之类，究有寄生物，易致疾病。

我再讲些附带的问题。餐室四周的字画与花草是很重要的点缀。西洋人很注意餐室的花卉，但在法国人，墙上几乎必挂猎物与果品的绘画，不及中国悬挂各种字画的雅致。又，在冬季，菜取出来很易冷，所以，菜盆下有的放一个盛开水的座子。一切用具是很可用些艺术的，而果品也可多多的加以注意。

我曾在骡马市大街德源居得到一个好印像：伙计福云海取出小方形的擦碗纸一厚叠放在左手中，右手食指点住纸心，左手指拨动起来，方纸的地位旋成螺纹了，于是分给各人，我们看了很喜欢，要他再三的做给我们看，但我们总是学不好。这印像使我们更加喜欢到这店去。

艺术不像许多人所仰望的高深，思想可以高深的，而所附着所寄托的材料，即使是这样旋转擦碗纸之微也可应用，因为这是容得下高深的思想的。

音乐所用的是铜片，是羊线，绘画所用的有植物的油，有矿物的锈，都不过是物质中的无足重轻者，然而从这里传出艺术，传出宗教文学哲学上的大思想。烹饪或者可认为铜片羊线之类，安知不能显出与音乐绘画一样的艺术呢？我且不说从烹饪显出的艺术；我相信，从各处的烹饪去推求各处人的气质，一定可有很大的发见。无论什么经过人手的东西，不知不觉的含有这人的性质。烹饪是饮食“大欲”中的事，哪有不寄托着很浓厚的感情？我们常见久别家乡的，一遇家乡风味，就如飞回故乡了。张翰以记得尊羹鲈脍而弃名爵，也是食物能左右感情的例证。

所恨，我注意京中菜馆者且不到一年，而所有食谱等书又没有专心研究过；京内外多少知味家当不让我如此瞎说。尔和先生曾允为我指导，但我细想之后实在不敢作此专书了。我在这里只是想用石头去开出那蕴藏着的良玉而已。作烹饪研究引。

十一月二十七日补作

别爱的北京

北京乎！我将离你远去了。

我所投怀的北京乎！为了爱你的缘故，我已用种种理由原恕你了；然而到了这临别的时候，我不禁还要说到我的憎恨。

你知道我来时的满腔热爱，来重温旧梦，而且想尽我的微力来表现你的优点，不好的，我也想如对家人知友的不避嫌疑来规劝你。

一路来时，我就满心预备立即介绍陈女士于崇高宽博的你之前。不料北京已非五年前离别时的北京了！种种情况困逼我，使我不能摆脱。或者你正在窃笑我，说我远非从前的样子了；然而，要是我在法国的四年也如现在的腐败，你可相信，我决不能像去年来时的活泼，更不能如此纯洁如此热烈的来爱你了。我的心情之坏全是回国以后的事，而昏乱情形的大部都是在北京起来的。

确实的，在这八个月以来，北京也给我了许多不可扶煞的好印像。国庆日，参观故宫博物院后，我于斜阳中深深的刻下旧与新的长流的观念，使我更知道我们所以留下事业的真意义。登中央观象台，我正苦北京之平板不能涵养警惕我而在不自觉的堕落，于是登数丈之高，略可窥测北京之大体时，已能提醒我在法国时竭力自勉的淡泊与注视远大的目标。我在正阳门一带画春雪，我在中央公园看棠棣看金鱼与鹦鹉，虽然都只是暂时的，却都驱逐出当时我身上的怠惰与昏乱，使我奋发，使我热烈。最不能忘的是北海白塔上的看日落与日出。

这是新秋的一个晚上，我与学昭姑娘同立在西边，太阳一秒比一秒的扩大，在橙色的天前向石青带紫的西山丛中下去。清风渐紧，红日西沈的速度也更大，我转头看学昭女士，最后的光辉照得他面色统红，但看他有惋惜之意，于是我说，太阳是去了，不过，一夜以后，我们就可在东边看到他的。一直到了微暗中出门来，一直到了现在，这北海上的落日与根据这落日所构想成的日出，都很清楚的保留在我心中。我想学昭姑娘也与我一样的保留着。不但是这样构想成的，北海的日出我也实在的看过，这是看落日以后，也是在秋天，天色渐渐的青白起来的时候，我已走向北海去了。在白塔边的清氛中东望千万形态千万色彩的云片间日光透露出来，我急着学昭女士看不到这种好景象。低头望大门，我的眼光穿过塔边的树枝，他着湖色长袍，经过石桥，从“堆云”牌楼边过来了。看日光渐渐的普照大地，听清亮喇叭从四处吹起。这一个朝晨给我以无穷的高速。

可是我在北京得着更多的恶印像。大风起时，满街迷濛。高低历落的路上，满撒你刀我枪的人们。你看哪一个人不凶凶的想谋财害命的。走到胡同口，车夫们鸟阵似的飞跑开来争买卖，是的，这原是他们的好意，然而他们中可以说没有一个肯于第一次就说平直的价格的。我明白，以铜子来估量他们跑远的两腿，原是极不应该的，而且四五十铜子一点钟的工资并不比别种苦力的工资为多，若在西洋则更不能比了。然而他们故意讨价高昂，如果有人照他所索的给他，他必视为傻子而且等拉到的时候还要说“先生多化十个八个吧！”还有可恨的是车夫的相互争夺，愈是同为可怜的人了，愈是相互的侵凌，争不到坐客就骂，别的车大讨价比他少时也骂。坐客也是刻扣的，从无可再少里也要少给一个子，而且谁也不想主持公理，凡雇车时，只等说定价钱，不管说价的是谁，跳上最近便的一辆就跑了。还有，凡坐车者心中又必一路的恨车夫跑得慢，而凡拉车者心中又必一路的恨客人重而价轻，在同一路上相互的仇视着。倘若路中与他车相撞，自然不管是谁先撞谁，两个车夫都是先骂为快的。而两车上的坐客一定毫无关系似的不想出来认错，不想出来解和的。总之，大家相信他人的损失就是自己的利益，用手打人的面颊，因别人的面颊痛了，就觉得自己有了利益，而忘记同时自己的手被人的面颊所打了的痛，还有甲打了乙而使无仇的丙快活的，因为他只要看到有人损失就觉得自己有利了。

北京的种种人事都出于这种观点；在金钱上是最显著的。其实，赵先生在钱先生处愉一块钱，打牌赢一块钱，或做工做买卖赚一块钱，确实觉得赵多一块钱了，然而从高处看下来，或者如我的出北京城去的看进来，觉得北京城中没有多一块钱，也没有少一块钱。地里种出一颗白菜，手里捏出一个泥人，推了车使一盆花从这里移到那里，拨算盘子使许多数目相加得一总数，这种都是生产，于人类全体有利益的。然而大多数的北京人只知道损人利己，不，还只知道损人不利己！所有在生产或美其名曰做事业，曰为社会效劳者，都是这么一回事罢了。

在街上走，尤其是立在电车中，抬头看时，个个奇形怪状没有相同的，然而没有一个不长着自私的面庞，他们卑鄙的怕人欺侮，却也阴险的想乘人不备来咬人家一口。下车时挨过你先下去，上车时未等他人下车而推开一切的人就跳上去。看这种情形，可以知道他们心中是否允许别人与他并存的居心了。他们不知道，电车中能容四十人五十人是一定的，他上去了，别人挤出了；他不上去，一定多一人可以上去，这在个人是有得失，在电车看来总是这样效劳的。然而昏昏的北京人只知争这种无利的利益而已。弱小的我不能感动他人，我却不能自主的与他人一样的坏了。乞丐之多不但使我失去人类的同情，而我已受同化，他们的乞怜心情，竟屡屡要在我身上表现出来。当然的，这当然是我自己无力把持之故，不该怪人；但我相信，北京人之坏都是如我的传染来而后青出于蓝的。

我确实也曾想与外界抗衡的，然而我抵抗不住。我初来时，到广和居吃饭，看各人吃白瓜子都掷壳纷纷下地。我想，我倒偏要保持我的习惯，我积聚我剥出的瓜子壳在桌上。不料等饭菜来时，伙计愤愤的把我面前的瓜子壳堆抹到地上了。虽然不因为伙计们的愤怒，我想，我这样的堆在桌上反劳他们的拂拭了，于是抵抗了没有几次只得同化了。这只是最初的而且最小的被征服，以外照样的不能不依顺的自然多着呢。

（伏园二哥问过西车站回来，知道今夜有车到汉口去。于是我没有心思如我欲说的写成此文，但也徼幸的我可脱出北京了。）

革命家必定痛恨我的主张的，即使是最和平的也要说是荒谬。然而我是这样相信的，所以不能不主张。我以为，杀人是逞强，但也是示弱。倘若自己是强有力，应该有能力防止反对方面的行为。要杀仇人，就是怕被仇人所杀罢了。究竟，世界是各人各有一份的，倘若你该诛灭与你不同的，那末你也正该为他设想，为他诛灭你自己。你防止他危害人类，危害你个人则可，你要保护自己，至多如疯人院的拘禁他也够了。对于无论如何坏的人，你是不该妨害他的生命的。古来多少残杀都是自信与自私所驱使；我梦想倘若自从变人以来就除去这种兽性，到现在，人世不知是何等和平灿烂哩。牺牲原是祀神的牲畜，奋斗原是表示禽兽用爪牙搏击的，而现在却认为人类的美德了。我知道人家将要忧虑，我的主张实行，则残暴者将不畏法，将使世界永无和平却永无奋进之一日。然而我要问，现在的世界之不能和平除为了争斗以外还有什么？讲到进化呢，自然，因为争斗的缘故，何等的摧残文明的萌芽，而且所谓文明者，都满染争斗的颜色。所以我说，倘若人类没有保留这种兽性，不知将何等和平灿烂哩。

这种意思我本想奉劝今日的中国学生与改革家的。他们受过高等教育，经过深邃的研究，身价是很高的，然而不惜徒手与有力的军政凶人搏击，这实在是不上算的。我也承认，因为世界是如此的，要战胜他人，非用武力不可；没有武力，也只得用空拳替代。然而你看，国务院前的大流血来教训我们了。

这惨事发生以后，我要将就是这意思转而奉劝利用暴力的人了。你们也该惭愧，以拥有一旅卫兵之强，还怕徒手的学生与市民。即使两把手枪两把破煤油壶是实在的，与一旅卫兵相比，总该有些不同哩。倘若所怕的不是煤油壶而是所谓共产主义，那末你们皆认共产主义之可畏，非一旅卫兵之所能卫护的了。现在数十人死了，数百人伤了，而所谓与市民互有死伤的卫兵只是后排的卫兵自己打伤的，你们似乎非常胜利了；然而共产主义本身并没有受伤，用暴力的你们却赢得对方的损失所产生的愤激，且而反增加多数人对于损失者的同情。这是用暴力的结果，无论谁都逃不出这个支配的。

受亏的学生市民们，连我也在内，当然希望此后预备能够胜过仇敌的力量，报复这次的大辱。然而我以为这是一个恶梦。我们还不憎恶使我们吃亏的暴力，将使人如被我们所憎恶的憎恶我们吗？他们用暴力，我们要报复，他们被我们残害时就不图报复了吗？自然，受了杀害而驯服不起反抗，这种奴性更甚于豕羊的了。所以我们应该自卫，我们不妨处处防备他人的谋害，但不该疑虑他人之谋害而赶先杀戮，因为世界各人各有一份的。我们已经受亏了，也不必报复，但不是从此抛弃自己的主张了；我们的达到目的便是我们的报复。

处在中国现在的社会中，阶级争斗什么争斗的呼声还有些意义，住过外国的人除非在俄国学经济的，除非在美国饱受欺侮而回来提倡国家主义的，必定不如久住中国者的厌恶人类或好与人斗。我是在法国处处满受他人好意的，所以对于人与人也可争斗的一句话有点说不出口。以战争消灭战争，确是名言，但战争产生战争也确是事实。我们不用武力该用什么来防备他人的谋害，又用什么来防备他人毁坏文明的行为呢？这最有用的方法是教育。

所谓教育者就是用种种艺术使人成为适于我们所希求的人。我不说给人听一曲音乐或看一幅绘画必能立即使他成为完人的了。这艺术的范围是很广的，凡使人有智识，使人能够自动的辨别善恶而定取舍的都有教育的意义。教育的目的与方法随时变换，而教育本身是永远如此有效的。自然，最重要的是施于年幼的人；但对于成人也不是没有方法的。例如对现在的北京官吏，我们当用艺术感化他们。自然，对于他们中大多数头脑冥顽毫无普通智识者还要用艺术去感化，不免比对牛弹琴更是傻事。

但我说过，我所说的艺术的范围是很广的，老实说，我们用方法驱使他们做这样或箝制他们做那样，就是利用他们所崇奉的鬼神等等材料也是可以的，这种都是艺术。逼话当然流弊很大；但对于没有听话的程度或有意借口的人，什么话是不会发生流弊的？我们不能顾虑这些。

然而我是很弱小的，到北京以来，用了在法国时的两三倍精神，总算勉强保持了我的躯壳，若论感化他人，那里谈得到呢！ 回国以前，确也屡屡为中国设计的，只恨自己的幼稚，来不及作高深一点的研究；然而现在知道所设想的完全不对，现在中国最需要的不是滋补品，更不是山珍海错，而是开胃药，再在开胃药中放些营养分，务必调成美味。可是这种职务绝不是我所能参预的。

我是很弱小的，然而我相信什么人都是弱小，被欺的不必说，逞强的还是弱小的表示为弱小的我们计，我们应该随时躲避与我们不同的人，而与相同者联合起来。人类间交战团体的接合是没有标准的。同国的军人该是同一阶级的了，然而相互战争，由来久矣。官吏与学生该是两个阶级的了，然而以前竟有学生而为官吏的暗探，使人来杀害他们的同学；现在又明明以刚做过学生的官吏杀害学生了。

英国人杀中国人是国籍不同之故，但也有英法各国的工人竭力来援助中国被害者的。俄国退还在中国的种种权利，而且屡次来援助，该是亲人了，然而许多俄国白党为一部分的中国人当先锋队进攻北京，架飞机在北京抛掷炸弹，与中国人之正在自相残杀是相应的。

我生长在中国，懂得中国的风俗习惯语言文字远甚于他国的，而且很有乡土的爱好的，我应该很愿为中国效劳的了。然而我感到寂寞，我只得跳出国界去与合意于我的法国人共事。倘若认为我有救护无论那个中国人的义务，我必拖泥带水的用尽气力仍然毫无结果的。这话似乎可以作为我明白招认我的叛逆或卖国的供词了；然而我要问，山东人广东人何以可在不是生产地的北京任事，不算叛逆，独不放大一点范围，也尤许到外国去任事呢？我主张凡合意者便相联合，不必拘泥国土或人种的分别的。根据这个信仰，我决计早早脱离北京。

虽然决计早早脱离，却也想体味北京的优点，所以犹豫不忍去的逗留了八个月。我原定初秋就回西湖作画的。然而我自己宽限，准中秋过后即行起身；中秋后却以国庆为期，以后又想决定过了重阳就走了。期限约得多了，索性不约了，过了年节再过旧历年。在这八个月中，我对于爱而又憎的北京费了无限的犹豫。我想，只要能够避免他的短处，我不妨住着的。于是我不想出去，闷闷的坐在绍兴馆中。

当初，我看院中两大株槐树的花掉下来；后来，秋风起时，掉下来的是枯叶了；等到满院光亮的时候，叶子不留一片了，但乌鸦们时时踏上枝头，掉下许多槐豆，飞去时更重重的踏一脚，又掉下许多。在静寂中我听到这种瑟瑟的声响，总疑心是有人来了，伸头窗口，还只是寂寞，在这清净中该是很能用功了，然而比从来没有的更不用功。常常约学昭女士，虽然不是来读法文的日子也希望他来。他去后，我又在静寂中听院中瑟瑟的声音了。

每天是一定的，起身时听到“三角……馒头！”日中当初听到“甜葡萄呵！”入冬听到“烤白薯呀……要不要呵？”夜间等到“……硬面饽……饽”的声音起时，总是十一点半，于是不得不睡了。这种情形每天一样，而每天又一样的没有成绩。

我屡次自问，我无补于人，又是无待于人。何必久留在此呢？可是交通断绝，闷住了不放我走。到了现在成行的时候，我自然要综观一下。回国以来，我没有登过一次讲台，放出若干谎话，这是我所可稍稍安慰的。我曾写过一点文字，在报纸上发表，似乎与上讲坛一样的有罪；但我相信报纸是没有人看的，决没有如张大了嘴，圆睁了眼的听讲者的深深吸引，所以我不必认罪。

所不忍别离的是二哥与姪儿惠迪。当我决定要走以后，晚上回来的车中，惠迪装了别人的口气说：“你们走后，惠迪是一个问题。”惠迪，你远离母亲，没有家庭，爹事忙，不能在家陪你，又不能到处带你走，确实，你是成问题的；然而经过这个难关，多少人将羡慕你的幼年离家，晓得世故。可是你现在应该小心，而且忍耐着。你记得，那天我与爹要去看土地庙的庙市，而你一定要我陪你去放风筝。你哭了。幸亏陈先生给你讲故事，等我们从土地庙回来，你已高兴，躲在床下使我出惊的寻问。现在我虽走了，少一个与你为难的人，但为你解和的陈先生也走了。

二哥，你这样忙碌，我不能帮助你，本来，你事务之繁复，与你同住着，也无可说明。幸亏你的精神好，忙着也如不忙的应付。然而生活这样的没有规律，究竟有损身体的，事忙的时候，饭也可不吃的，要作文要空谈的时候，半夜以后还没有睡。我常不能跟着你这样做；然而到了有规律的社会，你将不及我的裕如了。我敢说，到了一定时候要吃饭，到了一定时候非睡觉不可才是身体好，才是克制自己的精神好。现在你又如我出国时的感到寂寞扰人了罢？况且平日常来叫你“伏园先生”而你回答说“唉，唉，陈小姐”的陈小姐也不来了。然而我们将如你所愿的逃出北京的溷乱，这是勉强可以安慰的。

此外我所抱歉的，静子姑娘若子姑娘要我教法文，我没有给他们多大的成绩。每次课后与出门时如此恭敬的行礼而且听他们说谢谢，我总觉得不安。

墨卿如此盛情的作文送我，真是感愧。他学法文的进步非我所曾见于他人的，可惜我不能按规定时间帮助他的用功。

我本来想说，我此外没有什么难忘的了。然而许多给我极大好意的朋友，推至我所不认识的一切北京人，都在困苦连颠中过日子，或者他们是不以为意的，但我在这临别时节是如此的动感呢。

四月十九日在长江上写成

孙福熙生平

孙福熙（1898—1962），字春苔，笔名丁一、春苔、寿明斋，浙江绍兴人。

1915年，毕业于浙江省省立第五师范，在县立敬敷学校、师范附小任教。

1919年，任北京大学图书馆管理员。在馆长李大钊领导下勤奋工作，并与其兄孙伏园一起，结识鲁迅和许多进步的教授。

1920年，由蔡元培校长推荐，赴法国工读，先在里昂中法大学任秘书，后入法国国立里昂美术专科学校学习，开始写作散文。

1925年，归国。先后出版散文集《山野掇拾》《大西洋之滨》《归航》《北京乎》《三湖游记》《春城》等。

1928年，到杭州任国立西湖艺术学院教授。主编《艺风》杂志。

1930 年，再去法国攻读，在巴黎大学选听文学和艺术理论讲座。

1931 年，归国。续任杭州艺术专科学校教授。

1934 年至 1937 年，先后在上海、南京、广州、北京等地举办全国性美展——艺风展览会。

1937 年，抗日战争爆发后，到武汉参加中华全国文艺界抗敌协会，先后到武汉、衡山、绍兴、昆明等地分展抗日美术作品。与李寄僧等人创办绍兴孑民美育院，主编《旅行》杂志。

1938 年后，历任绍兴稽山中学教师、校长，昆明友仁难童学校校长，国立东方语文专科学校国文及法文教员并兼教务主任，浙江大学文学院、中山大学教授等。

1949 年，任上海中学校长、上海市教育研究会主席。

1951 年，参加上海市第一次文代会。

1952 年，年加入全国文艺工作者协会。

1951 年至 1962 年，任人民教育出版社高级编辑、北京编译社高级编辑等。

1952 年，加入中国作家协会。

编者的话

《北京乎！》是孙福熙先生的散文集代表作之一，1927 年由开明出版社初版，迄今整 90 年。

2018 年恰逢孙福熙先生诞辰 120 周年，现将《北京乎！》于北京再次编辑出版，作为一个编辑，作为一个北京人，我们谨以此书的出版向孙福熙先生致敬！

由于孙福熙先生所处的年代与文化背景，与我们的现代文化还是有些许差异的。包括一些书面上的语法措词、部分词汇的写法和用法等，例如："的、地、得"混用，"她、他、它"多为"他"，"哪"多为"那"，"深沉""沉默"的"沉"多为"沈"，等等。还有个别比较生僻字词的使用（排字之误），以及标点符号的使用方法等。为保留原著特色，编者没有做修改，只对部分不常见的生僻使（误）用，在文中第一次使用时，用脚注的形式加上编者注。

书中全部配图均为原著中所有，由于年代久远，图片质量不是很清晰。个别的文章因版本残缺，有些文字段落我们尽量还原，如有编校讹误、遗漏，或者不妥之处，恳请广大读者谅解，欢迎多提宝贵建议和意见。

编者

2017 年 12 月于北京